1
鏡銀鉢
illust. 詰め木
JN056272
追放転生貴族とハズレゴーレムの異世界無双

「これで魔獣の急所を射抜けば
格上にも通じる自信があるよ。
まぁ、発動には一分ぐらいかかるんだけど……」
ハロウィー・パンプキン
実家は牧場とカボチャ農家の平民科女子。
弓での狙撃力は高いが、精神集中と狙いを
定めるのに時間がかかるのが悩み。

ラビ・シュタイン
ハズレゴーレム生成スキルのせいで、
学園の貴族科から平民科へと落とされた、
名門貴族の次男。

「か、かわいぃ……
くっ、だがラビ、私はこんなことでは
誤魔化されないぞ」
ノエル・エスパーダ
ラビの幼なじみで貴族科に所属している。
スピード特化の戦闘スタイルで
レイピアを操る。

「まずは、誘った僕の力を
見てもらおうかな」

「――――」

トレントが枝葉を揺すりながら襲って来た。
足は遅いけど、巨大な樹木が迫って来る
圧迫感は凄まじく、やや腰が引けた。
けれど、クラウスは腰の剣を抜くと、
果敢に切りかかった。

「遅いよ」

クラウス
魔法剣を使う平民科トップの実力の持ち主。
ラビとゴーレムに興味があるようで、
ダンジョン攻略のパーティーに誘ってくる。

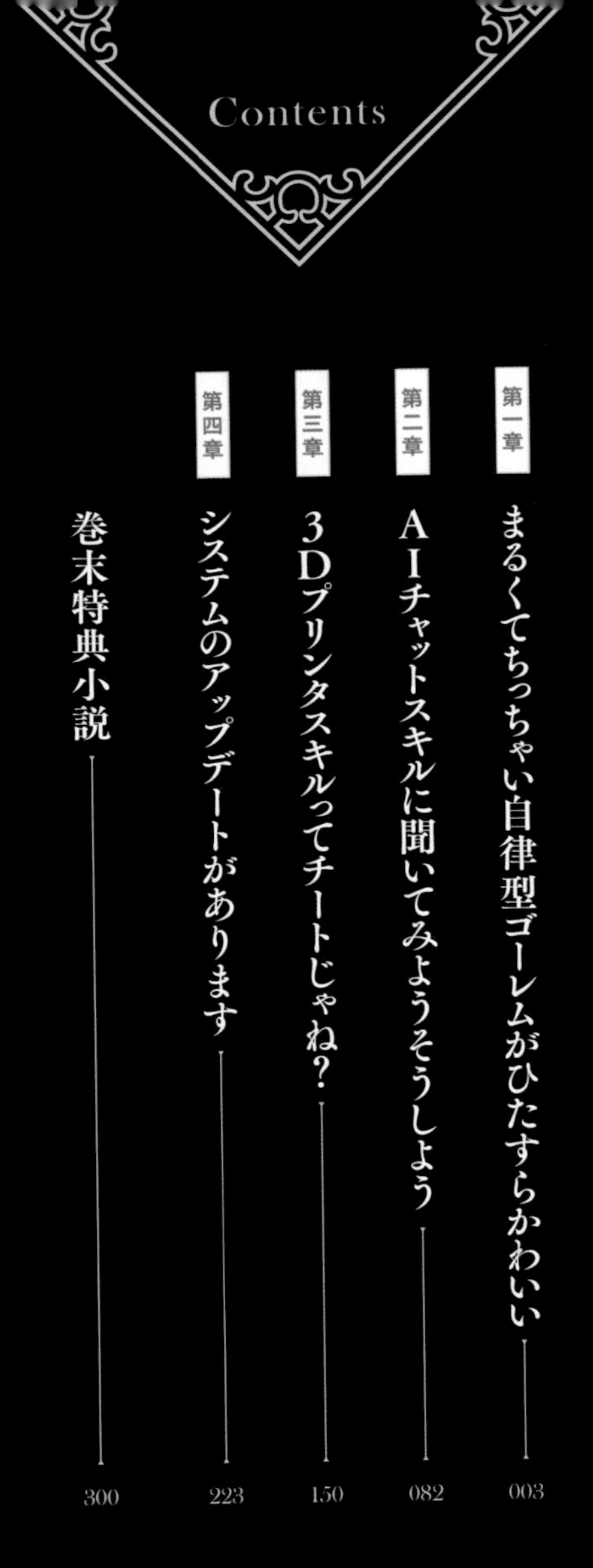

Contents

The exiled reincarnated aristocrat
and the loser golem are unparalleled in the
another world.

追放転生貴族とハズレゴーレムの異世界無双

鏡 銀鉢

illust. 詰め木

第一章　まるくてちっちゃい自律型ゴーレムがひたすらかわいい

「これより、スキル授与の儀を執り行う！」

王立学園高等部入学式。

それは、僕らにとっては人生に一度の晴れ舞台であり、もっとも期待と緊張が入り乱れる日だ。

高等部の制服に袖を通した僕らが列をなして入場すると、万雷の拍手に包まれ、手厚い歓迎を受ける。

王城のそれにもひけを取らない大広間を埋め尽くし、僕らを迎えてくれたのは保護者を含めた、国内の貴族たちだ。

皆、王国の未来を担う若き才能に期待する熱いまなざしと笑みに顔を輝かせている。

僕も、これから自分が授かるスキルに胸の高鳴りが抑えられない。

スキルとは、神様から授かる異能の力だ。

授かる時期は十五歳から十八歳の間だけど、大神官様の力を借りればすぐに授かれる。

僕の育ったシュタイン伯爵家は、代々続くゴーレム使いの名門一家だ。

親戚のほとんどがゴーレム関連のスキルを貰っている。

着飾った貴族たちの中で堂々と佇む父上もそうだ。

騎士型ゴーレムを隣に従えた姿は、シュタイン家当主に相応しい威厳に溢れている。

――僕も父上や兄上みたいに鋼の騎士型ゴーレム生成スキルだったらいいなぁ。

胸に響く拍手を浴びながら、隣の生徒が大きく息を吐いた。

今朝から顔色も悪いし、不安ばかり口にしていた。

無理もない。

全ての人が平等に授かるスキルだけど、中にはハズレスキル、なんて呼ばれるものもある。

凡人が凄（すご）いスキルを得て人生逆転するのは小説の中だけだ。

領地を守り発展させるのが貴族の本分。

ハズレスキルを授かれば、それだけで周囲は落胆する。

とりあえず、戦闘系スキルなら御の字だろう。

――僕の場合は十中八九ゴーレム生成スキルだけど、叔母さんみたいに錬金術スキルとか、叔父さんみたいに土石操作スキルだったらちょっと肩身が狭いなぁ。やっぱり、貴族は戦ってこそだ。

生徒が揃（そろ）うと、広間の奥で教会の大神官様が一人ずつ生徒の名前を呼んでいく。

呼ばれた生徒は大神官様から祝詞を受ける。

それから全身に淡い光が宿って、大神官様がスキルの名前を高らかに告げた。

新たなスキルの名前が挙がるたび、広間は熱い拍手に包まれる。

その熱量で、そのスキル、ひいては生徒の価値がなんとなくわかる。

ナイフ術スキルと剣術スキルでは、拍手の大きさが明らかに違った。

「続いて、クリス・シュタイン！」

うちの分家筋の生徒が前に進み出て、スキルを授かる。

「この者のスキルは、ゴーレム生成スキルだ！」

その言葉に、歓声と拍手が響く。

クリスが誇らしげに笑った。

途端に、床に光が走り、魔法陣が描かれた。

そこから、マネキンみたいな赤銅色のゴーレムが出現した。

「ほぉ、銅の人型ゴーレムか」

「流石(さすが)はシュタイン家、今年も魅せてくれる」

拍手喝采の中、クリスはマネキンとハイタッチ。

人型ゴーレムの姿に、拍手の熱量が上がった。

ゴーレムは人間に近いほど、高等とされている。

理由は神話だ。

聖典に記された神話によれば、二〇〇〇年前に魔王がドラゴン型やグリフォン型など、魔獣の姿をした巨大ゴーレムの軍勢を率い、世界を滅ぼそうとしたらしい。

そんな時、女神様が降臨して巨大な人型ゴーレム、通称巨神兵の軍勢を操り、世界を救った。

以降、魔獣型のゴーレムは魔王の象徴となり、人型ゴーレムは女神の象徴として、世界に認識されるようになった。

一族のほとんどが女神と同じ人型ゴーレムを生成、使役できる。

それが、シュタイン家がゴーレム使いの名門と言われる理由でもある。

しかも、女神と同じ金属製のゴーレムのことが多い。

女神と同じ金属製ゴーレムを操り魔獣を倒し、領民を守る姿は神話のミニモデルとして大評判だ。

王室でもおぼえめでたく、父上は伯爵だけど、公爵家や侯爵家と一緒に何度も王族の晩餐会(ばんさんかい)に呼ばれている。

そこで自慢の騎士型ゴーレムをお披露目するのがお約束だ。

こうして入学式に大柄なゴーレムを連れているのに邪魔扱いされず、むしろ周囲から好感を得ているのもそのおかげだ。

むしろ、みんなこぞって父上のゴーレムを見たがる。

——やっぱり、僕も鋼の騎士型ゴーレム生成スキルかな？　でも僕の才能は兄上には少し劣るし、最悪、岩のゴーレムでも我慢しよう。けど、次男とはいえ本家の人間だし、木製ゴーレムだとちょっと恥ずかしい。泥のゴーレムだけは許してくださいね女神様。

「続いて、ラビ・シュタイン」

「はい！」

期待に胸を高鳴らせながら前に進み出て、大神官様の前で両手を合わせた。

祝詞が終わると、すぐに僕の体は淡い光に包まれた。

続いて、知らない知識、感覚が頭に流れ込んでくる。

これがスキルを使う感覚というものか。

僕の心と体は、自然とスキルを発動させていた。

——わかる、わかるぞ。スキルの名前が、発動のさせ方が、使い方が。そして日本、東京、高校、ソシャゲ、ネット、漫画、ガチャ、ドローン、チャット、３Ｄプリンタ……へ？

何故(なぜ)か、スキルの情報と一緒に流れ込んでくる記憶に、僕は全てを悟った。

——いや俺、異世界転生してんじゃん！

冴(さ)えないボッチな中学高校生活。

そして十八歳で死んで気が付けばこの世界でものごころがついた。

なんてベタベタな異世界転生だろう。

心の中でツッコミを入れる間にも、大神官様は俺のスキル名を告げようとして、表情を困惑に歪(ゆが)めた。

「この者のスキルは……？　スキルは……じりつがたゴーレム生成スキル？　である」

——自律型って、ようするにＡＩってことか？

拍手は起こらない。

貴族の皆様は一様に頭上に疑問符を浮かべるような表情でぎこちなく隣近所と目配せし合った。

当たり前だ。

文明レベルが地球の中世時代に魔法文化を足したこの世界に自律型、つまりは人工知能の概念は存在しない。

この世界におけるゴーレムとは、使い手の命令通りにしか動かないマリオネットだ。

すると、広間がざわめき、我に返った。

一〇〇〇人以上の視線が集まる先を追うと、俺の足元にはちっちゃいハニワが立っていた。

体はねずみ色で、大きさは赤ちゃんぐらいか。俺の股下よりもだいぶ低い。

フォルムは全体的に丸くて可愛（かわい）い。

首は無くて頭は体と一体化している。腕は短くて指は無い。足なんて本当にちょこんと、申し訳程度にしかない。

顔のパーツは丸い点みたいな目のみというシンプルさだ。

——なんか、ゆるキャラみたいだな。

つい、頭をなでてしまう。サラサラしていて手になじむ、なかなかの手触りだ。

すると、ハニワは両腕を挙げながらちょこちょこと歩み寄ってきて、俺の脚に抱き着いて、体をこすりつけてきた。

甘えているらしい。可愛い。

心が和む。

「ラビ君、君のじりつがたゴーレム生成スキルとはどういうものなのかな？」

大神官様の問いかけに、俺は顔を上げた。

「あ、すいません。なんかゴーレムを作って操る能力みたいです」

ただし、操るだけではなく、ゴーレム自身がある程度自分で判断して動けることを説明しようとするも、大きなどよめきに俺は言葉を飲み込んだ。

「人型じゃないぞ……」

「なんだあの不格好な姿は？　トロール型か？」

「それか太った大ねずみだな」

――なんだ、この反応？

俺が首をかしげていると、列席者の中から父さんが大股に歩み寄ってきた。

その顔は鬼面そのもので、憎しみすら感じられた。

わけがわからず俺が唖然（あぜん）としていると、父さんが声を張り上げた。

「この非国民がぁ！」

至近距離から浴びせられた耳をつんざく怒声に、ビィィンと背筋が伸びて体が強張（こわば）った。

俺は呆気（あっけ）に取られて何も言えなかった。

「……へ？」

父さんはすぐ俺に背を向けて周囲へ振り向くと、深く頭を下げた。

「皆様！　このような晴れの舞台を汚して申し訳ありません！　まさか我が家からかの魔王と同じ魔獣型ゴーレムを作る者が生まれるとは痛恨の極み！」

怒りから一転、悔恨に駆られ口惜しそうに吐露してから、父さんは声を張り上げた。

「この者は即刻、我がシュタイン家から追放致します。よって、本校からの退学処分を嘆願致します！」

「ちょっ、どういうことだよ父さん!?」

脊髄反射で叫んでしまう。

この世界は王侯貴族を頂点とした身分社会だ。

平民は、ろくな人権も認められない。

貴族の命令は絶対だし、逆らえば不敬罪で裁かれる。

貴族からの一方的な暴力を受けても泣き寝入りだ。

ここで平民にされては、一生貴族に怯(おび)えながら暮らすはめになる。

けれど食って掛かる俺を、父さんは激しく叱責してきた。

「父さんだと!?　なんだその口の利き方は！」

――しまった！

普段は貴族らしく、父上、と気取った呼び方をしているのに、前世の記憶が蘇(よみがえ)ったばかりの影響か、生前の父さんを呼ぶようにしてしまった。

「で、ですが父上、納得できません。何故僕が追放されなければいけないのでしょうか!?」

「馬鹿者！　魔王と同じ魔獣型ゴーレム生成スキルなど恥を知れ！　まして敬虔(けいけん)な神の信徒たる貴族家の中でも我がシュタイン家が授かるなど前代未聞だ！」

「いえ、私のゴーレムは人型です。手足があって直立二足歩行ではないですか!?」

「痴(し)れ者(もの)が！　では足首はどこだ？　指はどこだ？　腰は？　首は？　人型ゴーレムとはクリスや私のゴーレムのような姿を指すのだ！」

父さんが指でさしたのは、すぐ傍らに佇む自身の騎士型ゴーレムだ。

父さんの言う通り、鎧の騎士には足、足首、膝、腰、ウエスト、肩、肘、手首の先にはきちんと五指があった。

首の上のフルフェイスの隙間からは、ハンサムな顔も見受けられる。

まるで、動く英雄銅像だ。

「それをそんなブタ型かトロール型かわからん出来損ないを召喚しおって！」

「え？　あ……」

前世の知識を思い出したことで認識が遅れたけど、俺も理解した。

どうやら、ゆるキャラや二頭身キャラという概念を知らないこの世界の人には、まんまるボディから指の無い手足が生えている姿は、人型に思えないらしい。

——デフォルメの概念が未発達だからなぁ。

「でも神話は神話でしょう？　イメージ悪いかもしれませんが、追放はやり過ぎですよ！　だいいち魔王のゴーレムが本当にスキルかどうかもわからないですし」

「口の利き方には気を付けろ！　貴様はもう我が家の人間ではない！　つまりは平民だ！　不敬罪で切り捨てるぞ！」

父さんの意思を受けたのだろう。

ゴーレムは全身の関節を滑らかに駆動させて、優美に剣を構えた。

「うっ」

剣の切っ先を向けられて、俺はたじろいだ。

「そもそも世界を滅ぼすほどの巨大ゴーレムを操るのだ、スキルに決まっているだろう！」

「それは……」

残念だが、それが貴族社会における神話の解釈だった。

だけど、俺のスキルは魔王とは別物だと言おうとして、俺は口をつぐんだ。

実のところを言うと、とある事情で俺のスキルが魔王とは別物と否定しきれないのだ。

俺が口をつぐむと、父さんは俺のゴーレムを見下ろした。

「まして、女神様の巨神兵のように立派で神々しいならともかく、こんなみすぼらしく貧相なゴーレムで言い訳などしおって、恥を知れ！」

言って、父さんはゴーレムをボールのように蹴り飛ばした。

「あっ!?」

俺のゴーレムは無言でコロコロと転がって、列席者と生徒たちの間で止まった。

すると、他の貴族や貴族科の生徒たちも侮蔑を含んだ視線でゴーレムを見下ろした。

そして邪魔だ、あっちへ行けと蹴り飛ばした。

コロコロと転がったゴーレムは、クリスのマネキンゴーレムの足にぶつかった。

マネキンゴーレムは微動だにしないも、クリスは怪訝(けげん)な顔をした。

「邪魔」

クリスの意思を受けたであろうマネキンゴーレムが突然動き出した。

右足を振り上げ、俺のゴーレムを踏みつける。

ゴーレムは手足をばたばたと動かして必死にもがいている。

ゴーレムには表情が無いけれど、頭の上にちっちゃなステータス画面が展開した。そこに泣き顔マークが表示された。

それを目にした途端、俺はたまらない気持ちになって駆け出した。

「やめろ！」

マネキンゴーレムの蹴りが、俺のゴーレムをまた床に転がした。

俺はすぐに駆け寄り、ゴーレムを抱き上げた。

和太鼓のように太い体なので、両腕を回し抱えるようにして驚いた。

——軽い。まるで猫みたいだ。

すると、周囲から口々に「出ていけ」という罵声が浴びせられた。

その舌鋒から逃げるように、俺は広間の出入り口を潜り抜けた。

入学式の今日は、一部の警備兵以外は全生徒、全職員が式に参加している。そのため、外には誰もいなかった。

突然の前世の記憶、スキルへの覚醒、実家からの追放、平民落ち、色々なことが頭の中を巡りながら、俺は顔を上げた。

すると皮肉にも、視線の遥か先には、王都最大のモニュメント、自由の女神のようにそこに佇む超巨大女神像を正面から拝めた。

かつて女神様が生み出し操ったとされる巨神兵の一体で、世界中に点在するうちの一体だ。

この世界に生まれて十五年間、何の疑問も持たなかった。

だけど前世の知識がある今ならわかる。

女性的な丸みを帯びたヒップラインにくびれたウエスト、ふくらんだバストがなまめかしい軽装鎧姿の女騎士風の巨神像は……だけどバイザーの仮面をかぶり、肘には駆動系関節、両肩にはミサイル格納ハッチ、側頭部から生えるのは髪飾りではなくおそらくアンテナだ。つまり何が言いたいかというと……。

「あれ、どう見ても巨大ロボだよな？」

しかも、無数の機体を同時に世界中で展開していたとなると、人が乗り込んで操縦するタイプではないだろう。

十中八九、自律思考型だ。

――もしかして二〇〇〇年前の聖戦って、俺と同じスキルを持つ二人の異世界転生者による一大決戦だったんじゃないのか？

前世の記憶を思い出した俺には、そうとしか思えなかった。

だとするならば、父さんの言う通り、俺は魔王と同じスキルの使い手なのだ。

――俺、これからどうなっちゃうんだろ……。

抱えられたまま、ゴーレムが短い腕を伸ばして、俺の頭をなでてくれた。

視界の中に、ＳＮＳのようなメッセージウィンドウが表示された。

『げんきだしてー』

「慰めてくれるのか？　ありがとうな。それとだいじょうぶ、お前は悪くないよ」
言って、俺もゴーレムの頭をなでてやる。
片手でも丸い体を落とさないように、重心を意識しながら支えた。
すべすべとした手触りの良いねずみ色のボディに癒される。
初めて会ったゴーレムなのに、何故だか愛着が湧いていた。
「ん？」
更新されたメッセージウィンドウを目にして気づいた。
文章の横には、のほほんとしたゴーレムの顔アイコンが表示されている。
でも、その右上に二つのマークがある。
知っている。
あらためて女神像を見上げた。
その胸元に輝くエンブレム。それと同じだ。
「お前、やっぱあれの仲間なのか？」
『？』
これを見せれば父さんも考え直してくれる。
そう思って戻ろうとして、足が止まった。
——なら、もう一つのマークは？
まっさきに思い浮かんだのは、魔王だった。

魔王が操ったゴーレムは残されていない。

だけど、表示された二つのエンブレム。

一つが女神のものなら、もう一つは何か。

妙な不安に襲われて、推理をやめた。

証拠が無い以上、何を考えても妄想でしかない。

それこそ、こいつをいじめた父さんたちと一緒じゃないか。

自分にそう言い聞かせて、ゴーレムを強く抱きしめた。

◆

翌日。

俺は平民科高等部の教室にいた。

あれから学園に掛け合い、なんとか退学は免れたものの、貴族ではない俺が学園に残るには平民科への転科が必然だった。

貴族科高等部の制服は、一日でチェスト行きだ。

貴族科の校舎に比べて粗末な造りの教室を見回すと、周囲の席に知っている顔は皆無だ。

正直、かなり居心地が悪い。

——まずい。

ボッチだから、ではない。

平民になったのが、非常にまずい。

俺が転生したこの世界は中世時代の地球同様、厳しい身分制度が布かれた封建社会だ。

同じ人間でも、平民と貴族では家畜と飼い主ほども違う。

法と制度は全て貴族優先。

裁判官は常に貴族の味方。

貴族が平民相手に犯罪を犯しても無罪か減刑が当たり前、という現実がわかりやすい。

他にも、善良な市民が上級貴族に目をつけられ無実の罪で監獄送り、なんてのもある。

この前も、王都で貴族から娘を差し出すよう命令された平民が逆らい、殺された事件があった。

けれど貴族は無罪放免。

平民の一家は働き手である父親と娘を失い、路頭に迷ったらしい。

つまり、平民というだけで一生、貴族に命の手綱を握られ続けるのだ。

冗談じゃない。

日本でもスクールカースト最下位だったのに、これじゃそれ以下だ。

この世界で平穏に生きていくには、下級でもいいから貴族でなければならない。

——父さんにシュタイン家復帰を認めてもらうには、相応の手柄が必要だ。平民科で首席に、いや、いくら何でも首席は無理だよな……。

それこそ、努力でどうこうなる話じゃない。

そういうのは、生まれながらの天才がさらに努力をして取るものだ。

俺のスキルは、ゆるキャラゴーレム一体を自由に操るだけ。これでどうやって首席になれと言うのだ。

——優秀な仲間と一緒にチームで首席になら……。

そこへ、苦悩する俺の思考を遮るようにして先生の言葉が耳朶に触れた。

「では皆さん、高等部初日の授業は校舎裏の森での実技演習です」

教卓のうしろに立つ教師が眼鏡の位置を直しながら告げると、生徒たちは歓声を上げて喜んだ。

「我が王立学園は魔族、魔獣、紛争や自然災害などあらゆる脅威から国家、ひいては人類を守る人材の育成を目的としております」

日本が学歴社会なら、この世界は戦闘力社会だ。

魔獣なんてものが存在して、一個人が山を砕き海を割るような力を発揮できる世界なら、強さ＝権力＝社会的ステイタスになって当然だろう。

「中等部までは安全の為、座学と訓練のみでした。しかし、高等部からは本物の魔獣との戦闘を行います」

眼鏡の奥の瞳を光らせ、先生は朗々と説明を続けた。

「ほとんどの人が魔獣と戦うのは初めてでしょう。ですが安心してください。君たちはこの三年間訓練を積み、雑魚魔獣には負けない程度の実力は身に付けています。だけど油断もしないでください。酒に酔った衛兵が背後から通り魔に刺し殺される事件があるように、奇襲は実力差を簡単に埋めてしまいます」

ようするに、自信と緊張感を持てということだろう。いい言葉だ。

「もっとも、ハズレスキルぞろいの君たちでは魔獣相手に油断をする余裕なんて無いでしょうけどね」

貴族の先生が鼻で笑うと、生徒たちから表情が消えた。

俺も自然と、への字口になる。

――嫌なことを言うなぁ……。

とはいえ、先生の言葉もあながち間違ってはいない。

スキルは血統に影響される。

シュタイン家の人間がゴーレム系スキルぞろいなのがいい例だ。

当たりスキルを持つ人は出世して上流階級の人間になる。

つまり、親が平民ということは、当たりスキルを持っていないということ。

ならその子供も、当たりスキルを授かる確率は低い。

ついさっきも、朝の雑談に耳を傾ければ、農民スキルや裁縫スキルなど、非戦闘系スキルを授かった生徒が落胆する会話をしていた。

「では森に移動しますよ」

「あれ？　そういえば先生、校舎裏の森って魔獣が住んでいるんですよね？　なんで校舎は襲われないんですか？」

一人の生徒の疑問に、先生は呆れたように答えた。

「あのですねぇ。ここは魔獣よりも強い戦士の巣窟なのですよ？　魔獣にとって、この学園は森の最深部同様危険地帯なのです。当然、最深部の魔獣は生息域が違い過ぎて出てきません」

それだけ言って、先生は生徒が理解したか確認もせずに踵を返した。

先生が教室から出ると、他の生徒たちも次々席を立った。

——よし、この授業で強い奴を見極めて、仲間にしてもらおう。利用しているみたいで悪いけど、俺も全力で役に立つから許してくれ。

心の中でまだ見ぬ仲間に謝罪した。

みんなを追いかけようと俺が立ち上がると、男子の一人が声をかけてきた。

「おいお前、元貴族って本当か？」

「え？」

どうやら、俺のことは噂になっているらしい。

貴族科から平民科に落ちた生徒がいる。そこへ新顔が登場となれば、当たりをつけられても仕方ないだろう。

——こういう時はできるだけ弱味を見せず、穏便かつさらっと流そう。

「ああそうだぞ。生成できるゴーレムが魔獣型だからってな。まったく酷い話だよな」

堂々と言いながら歩いてその男子とは距離を取った。

もとから移動教室なのだから長々と話題を長引かせる必要もない。

けれど背後からは、

「やっぱり」

「元貴族かよ」

「いい気味だ」

という嘲笑が聞こえてきた。

――まさか俺、ボッチ確定?

早くも暗雲が垂れ込める平民科生活に、俺の不安は雪だるま式に増えていった。

◆

貴族風の鎧は悪目立ちするので、稽古用の簡素な軽装鎧に着替えてからしばらく、時計が無いので俺の体感で三〇分後。

嫌な予感通り、俺は独りで森を歩いていた。

本来は他の生徒たちとチームを組んで動くのだけれど、当然のようにハブられた。

理由は、

「お育ちのいい元貴族様はオレら下賤(げせん)の連中とは組めませんよねぇ?」

とか、

「貴族気分の抜けないお坊ちゃまに足を引っ張られたらたまったもんじゃありませんからぁ」

だの、

「知ってますぅ？　平民に身の回りの世話をしてくれるメイドはいないんですよぉ」

らしい。

ようは、元貴族の俺にうっぷん晴らしをしたいのだろう。

平民にとって貴族は目の上のたんこぶだ。

自分たちが働いて稼いだ金や収穫物を税と称して奪っていき、そのくせ困ったことがあっても助けてくれない。

そして不満を陳情すれば不敬罪だと言って処罰する。

もちろん、俺はそんな態度を取ったことはない。

だけど実際、程度の差はあれど貴族全体に平民を見下した風潮があるのも事実だ。

——俺、平民科でやっていけるのかなぁ……。

先行き不安で肩が重たい。

けれど落ち込んでばかりもいられないと、カラ元気で気を取り直した。

「さてと、このあたりでいいか」

緑の香りに包まれる森の中。

木々が生い繁（しげ）るも、午前の太陽光が豊富で明るく視界は良好だ。

周囲に人気は無く、誰も見ていない。

ここならいいだろうと、俺はゴーレムを出した。

草地の上に半透明の赤い立方体が出現した。

昔のゲームでありがちな、ポリゴンぽい。

そこから昨日のゴーレムがちょこちょこと歩き出てきた。

いま、作ったわけではない。

自律型ゴーレム生成スキルには派生スキルとして、素材貯蔵庫スキルというスキルが付随する。

これは異世界転生ではあるあるだけれど、異空間にモノを収納しておけるというスキルだ。

ゴーレムを作ったり改造したりする素材を容れておくためのものだけど、わかりやすさ重視で俺は、ストレージと呼んでいる。

容量は人それぞれで、父さんや兄さんも持っている。

俺は普段、そこにゴーレムを隠すことにした。

——他の生徒の前で出して、またいじめられたら困るからな。

ゴーレムは顔を出すなり俺に歩み寄ってきて、指示を待つようにちらりと見上げてきた。

両手を上下にぱたぱたさせているのがかわいい。

——テンションが小型犬みたいだな。

「えーっと、こいつ戦えるんだよな？　じゃあ、一緒に行こうか？」

俺が腰の剣を抜きながら尋ねると、ゴーレムは両腕を上に曲げてやる気をアピールした。

まるで、遠足へ行く幼稚園児のようだ。

ふと、突然俺の視界下にメッセージウィンドウが開いた。

『がんばるー♪』

素直過ぎる文章に、俺は笑いを漏らした。

――でも昨日、みんなからボールみたいに蹴られていたしなぁ。

システム画面を開いた。

魔獣を倒したことのない俺のレベルは一、経験値はゼロだ。

システム画面を操作して、ゴーレムのステータスを確認した。

俺よりも高い筋力、速力、耐久度が表示されているけれど、いまいち信用できなかった。

腰の剣を抜いて、白銀の剣身に顔を映して溜息を洩らした。

「頼りになるのはこいつだけか」

俺の剣術は貴族のたしなみである宮廷剣術だ。

幼い頃から親に仕込まれたおかげで剣道三段程度の実力はあるけど、この世界では突出したものではない。

令和日本では一部の居合道家だけができる据物斬り――固定していないわら束を一太刀で斬る行為――だが、江戸時代の武士は全員できたらしい。

技術とは、時代が求める水準に引っ張られる。

剣の才能が無くても、五歳の頃から本物の剣で毎日剣術訓練を習慣づけられていれば、誰でもこうなる。

ようするに、剣の腕一本で俺が平民科首席になるのは不可能だ。

さてどうしたものかと俺が迷っていると、不意にゴーレムが大ジャンプした。

「うぉっ!?」

俺の背丈よりも高い意外な大ジャンプ。

その跳躍力たるや、横スクロールゲームの主人公並みだ。

見上げれば、木の枝から落ちてくるゼリー状の魔獣、スライムに体当たりをかましていた。

二体はまとめて地面にダイブ。

ゴーレムのボディプレスに潰されたスライムは潰れたゼリーのようになって動かなくなった。

ゴーレムは立ち上がると、むふんと誇らしげに胸を張った。かわいい。

次の瞬間、視界の端にリザルト画面が開いてぎょっとした。

スライムを倒した今回の獲得経験値、人生の総獲得経験値、次のレベルまでに必要な経験値が表示される。

わけがわからない。

「へ？　なんで？　スライムを倒したのは俺じゃなくて……待てよ」

ふと気が付いた。

剣士が剣で魔獣を切り殺せば、当然経験値は剣士に入る。

弓兵が矢を放ち、体から離れた矢で魔獣を射殺しても、経験値は弓兵に入る。

「もしかして、ゴーレムは俺の装備品扱いでゴーレムが倒した魔獣の経験値は、俺に入る仕様なのか？　でも父さんはそんなこと……」

父さんや兄さんは、ゴーレムで弱らせた魔獣に自分でトドメを刺してレベルを上げていると言っていた。

「もしかして、自律型ゴーレム特有の能力なのか？」

淡い予感がゾクリと背筋に走った。

もしも、数百体のゴーレムを同時に操れたら？

そのゴーレムが駆逐する魔獣の経験値が全部俺に入り続けるなら？

前世、俺は日本で冴えない人生を送っていた。

友達なんていなくて、いつも独りだった。

そんな俺に、ＩＴ企業の商品開発部に勤めていた父さんは友達代わりにと会社の製品を色々とくれた。

ＡＩコンシェルジュやロボドッグ、最新のスマホや家庭用３ＤプリンタやＡＩチャットアプリや、自動画像生成アプリをいじりながら、遊ぶ毎日だった。

この異世界でも、伯爵家とはいえ家を継げない次男で、才能に乏しく肩身が狭かった。

だけどもしかして、異世界転生系主人公よろしく、俺はとんでもないチート能力を手に入れたのでは？

いてもたってもいられず、俺は慌てて二体目のゴーレムを生み出した。

ストレージ特有の、半透明の赤い立方体ではなく、半透明の青い立方体、ポリゴンが草地から出現した。

周囲の地面を材料にゴーレムを生成。

ポリゴンの中から二体目のゴーレムが出てきた。

が……。

ゴーレムはころんと転んだまま、動けずにいた。

「あ、ゴーレム生成スキルって同時に動かせるゴーレムはレベルに依存するんだったな」

父さんも、若い頃は一度に一体までしか動かせなかったらしい。

けれど今は、同時に一〇〇体の騎士型ゴーレムを動かせる。

流石にそんなうまい話はないかと、俺は自嘲気味に頬をかいた。

それから、二体目のゴーレムをストレージにしまった。

「でも将来的にゴーレムを増やすなら名前が無いと不便だよな。じゃあわかりやすくお前は今日からイチゴーな」

『ぼくイチゴー』

短い腕を器用に曲げて腰に手を当て——指は無いけど——イチゴーはまたむふんと胸を張った。

それから、両手をぱたぱたと上に動かしながらぴょこぴょこと足を動かした。

『なまえもらったー、ぼくのなまえー』

——もしかして踊っているつもりなのか？　かわいいなおい。

つい、頭をなでてしまう。

すると、イチゴーは両手を頭に添えて丸い体を小さく上下させた。

なでられるのが好きらしい。

「でも十分だ。俺とイチゴー、二人で魔獣を倒せば効率は二倍だ」

俺が軽くガッツポーズを取ると、イチゴーは両手を突き上げた。

『がんばるー』

「ん？　だけどイチゴー。お前強いならなんで最初はみんなから蹴られ放題だったんだ？」

『にげる、たたかう、ふせぐのどれかまよったー』

——ＲＰＧかよ。

「そっか。じゃあ次からああいう時は防いで、それから逃げろ。ただし、相手が魔獣で勝てそうな時は戦うんだぞ」

『わかったー』

メッセージウィンドウで返事をしながら、イチゴーはバンザイハンドを左右に揺らした。

「じゃあ行こうかイチゴー」

『いくー』

スライムの死体をストレージにしまうと、俺は剣を片手にイチゴーと歩き出した。

俺の左足に寄り添うようにしてちょこちょこと動く姿に和まされる。

◆

イチゴーと一緒に魔獣狩りをすることしばらく、校舎のほうから鐘の音が聞こえてきた。

集合三〇分前の合図だ。

「早いな。もう二時間経ったのか」

——スマホが無いと時間がわからなくて困るな。

この世界には腕時計が無い。

なので、リアルタイムがわからないのは当たり前だと思っていたけど、前世の記憶が戻ると急に不便を感じる。

俺とイチゴーは三〇体以上の魔獣を倒していた。

丸いゼリー状の体を持つバスケットボール大の魔獣スライムが十七体。

ツノの生えた中型犬大のウサギ型魔獣ホーンラビットが八体。

小学校低学年ぐらいの身長で緑色の皮膚と醜い顔が特徴の人型魔獣ゴブリンが六体だ。

おかげで、俺のレベルは二に上がり、さっき作ったゴーレム、ニゴーもちゃんと動いている。

「二人とも、いったん戻れ」

倒れた巨大カブトムシの元から、イチゴーがちょこちょこと駆けてくる。

『がんばったのー、ほめてー』

「ありがとうな、イチゴー偉いぞ」

『えへんー』

「ニゴーも大活躍だったぞ」

『とうぜん』

イチゴーに比べて、ニゴーはクールというか、あまり喋(しゃべ)らない印象を受ける。これが自律型ゴーレム生成スキルなのか、ゴーレムによって性格があるのかもしれない。

「じゃあ配合するぞ」

言って、俺はウィンドウを操作した。

ゴーレム一覧画面で【配合】を選択。

たった今イチゴーが倒した魔獣、ブル・ビートルを選んでから、対象をイチゴーにする。

『ブル・ビートルのツノをイチゴーに配合しました。筋力が上がりました』

『ブル・ビートルの甲殻をイチゴーに配合しました。耐久度が上がりました』

どうやら、ゴーレムは魔獣の素材を配合すると、ステータスが上がるらしい。

これまでの二人には、ホーンラビットのツノを配合して跳躍力を上げたり、スライムの核を配合して耐水性を上げたり、ゴブリンの骨を配合して機敏さを上げたりした。

この作業はソシャゲっぽくて、かなり楽しい。

ただし、素材ごとに配合数には上限がある。

スライムの核を合成できるのは五個まで。それ以上は選択できなかった。

「じゃあ帰るぞ」

俺が二人をストレージに戻そうとすると、イチゴーがぴょこんと跳ねた。

『ますたー、ぼくこのままもりであそんでぃーぃー?』

「え？」

『イチゴー、わがままはよくない』

ゴーレムだけにして大丈夫か不安な一方で、本人の意思を尊重してあげたいという気持ちもある。

「いいけど、あまり森の奥に行ったら駄目だぞ。この森は奥に行くほど魔獣のレベルが高くなって危ないんだから」

『!?』

『わかったー』

『ま、まて、わたしものこる。ますたーのおやくにたつのだ』

――あ、この子わかりやすい。

どうやら、ニゴーは真面目な騎士タイプらしい。

「じゃあ二人とも、くれぐれも気を付けろよ。ロボット三原則だ。一つ、自分の身は守ること。二つ、仲間同士仲良くすること。三つ、俺への報告連絡相談をすることだ」

実際のロボット三原則はまったくの別物だけど、俺はこの三つを推したい。

『しょうち』

『なかよくするー』

イチゴーはニゴーにぎゅっと抱き着いた。

ニゴーはちょっと慌てた。かわいい。

『ニゴーもぎゅーしてー』

『は、はなれるのだ』

ちっちゃくて丸い二人のじゃれ合いは、まるで赤ちゃんパンダ動画を見ているようにいつまでも見ていられる。

集合時間があるので俺はその場を離れるも、たびたびうしろを振り返ってしまう。

◆

イチゴーとニゴーを森に残してから数分後、俺はちょっと小走りで駆けていた。

二人との魔獣狩りがゲームみたいで楽しく、調子に乗ってつい森の奥にまで来てしまったせいだ。

決して、二人のもちもちとしたじゃれ合いを眺めていたからではない。

もしも遅刻したら、授業初日から減点だ。

平民科で手柄を立てて貴族復帰を目指す俺には、痛過ぎる。

けれど、急ぐあまり注意力が散漫になっていたらしい。

頭上から聞こえる枝葉の揺れる音を聞き流してしまった。

「■■■■」

獰猛(どうもう)な鳴き声。

葉っぱのような耳を持ったヤマネコ、リーフキャットが落ちてきた。

血に飢えた白い牙を視認した時、息が止まり、俺は回避もガードも間に合わないことを悟った。

ならばどうするか、一瞬の判断に迷った俺に、だけど獰猛な爪も牙も届かなかった。

リーフキャットの体が、まるで巨人のフルスイングを受けたように真横にかっ飛ばされた。

脊髄反射で首を回すと、リーフキャットの脇腹を矢が貫き、大木の幹に釘止められている。

思わず胸をなで下ろした。

けれど九死に一生を得た安堵の直後に疑問がよぎる。

「こんな森の中で誰が？」

――初日から、俺以外にこんな奥まで来た生徒がいるのか？

矢の飛んできた方角へ視線を向けても、誰もいなかった。

てっきり、通りすがりの弓使い、アーチャーが助けてくれたと思ったけど違うらしい。

幹から矢を引き抜いて、リーフキャットの死体を片手に踵を返す。

それから矢の持ち主を捜して足を運ぶと、女子の喧騒が聞こえてきた。

近い。

足は小走りに、それから緊急事態を想定して全力で駆けていた。

見えた。

木々の間を駆け抜けると、やや開けた場所で五人の女子たちがホーンフォックスという一角狐と戦っていた。

しっかりと戦闘訓練を積んだレベル一の生徒五人がかりでも、少してこずる相手だ。

「早く、盾が持たない！」

「待って、そんなに早くは回復できないよ！」

「あぁん魔力が溜まらない！　これも全部ハロウィーがトロいからよ！」

「そうよ！　狙撃だけが取り柄のクセに外すって何考えているのよ！」

「ご、ごめんっ」

――うちのクラスの女子……じゃないよな？　平民科の、他のクラスの生徒か？

責められている女の子、ハロウィーが謝ると、魔力を溜めていた女の子が杖を前に突き出した。

「死ねぇえええ！」

オレンジ色の体を跳ね上げてから、その身を草地に投げ出して痙攣し始めた。

女子力の欠片も無い物騒な怒声と同時に放たれた雷撃がホーンフォックスの脳天を直撃。

「やりぃっ！」

回復魔法を受けていた女子が、剣を鞘に収めて近寄った。

直後、息を吹き返したのだろう、ホーンフォックスが飛び起きた。

「うわぁっ!?」

けれど、のけぞる剣士女子の脇腹をかすめ、一本の矢がホーンフォックスの喉を射抜いた。

一流のスナイパーも真っ青の精密射撃だった。

「■■ッ」

さしもの魔獣も、これには絶命するしかなかったようだ。

ホーンフォックスは口から血を流し倒れ込むと、痙攣すらせずに動かなくなった。

どうやら、俺の助けはいらなかったらしい。

そして、俺を助けてくれた恩人の正体もわかった。

構えた弓を下ろして表情から緊張の糸を緩める少女、ハロウィー。

彼女が俺を助けてくれたようだ。

お礼を言おうと俺が一歩を踏み出すと、先に他の女子たちがハロウィーに詰め寄った。

「ちょっと危ないじゃない！」

「エリーに当たっていたらどうしていたのよ!?」

ハロウィーはきょとんと言葉を返した。

「え？　でもホーンフォックスはエリーの陰にいたし、他に狙えないよ」

「そういう問題じゃないでしょ！」

「味方の安全も考えなさいよね！」

ハロウィーは眉根を寄せて、ちょっと困った顔になる。

「う～ん、でもあのままだとエリーってホーンフォックスに噛まれていたよね？　そっちのほうが重傷だと思うんだけど？」

——おぉ、ちょっと引き気味だけどちゃんと言い返している。顔はおとなしそうなのに意外だ。頑張れ。

俺は恩人に心の中で熱いエールを送るも、自己中女子たちは止まらない。

「言い訳してんじゃないわよ！」

「さっきもせっかくアンタのために時間稼いであげたのに外すし、何か恨みでもあんの？」

「いやあれは違うよ！　あれはぁ……」

ばつが悪そうに眼を逸らした。

きっと、人助けをしたと言っても信じてもらえないと思っているんだろう。

「うぐむッ」

俺を助けたのが原因で女の子がいじめられている。

なんとも罪悪感が湧いて仕方ない状況に良心が痛んだ。

──女子同士のトラブルにかかわるのは気が引けるけど……。

もしもこの場にイチゴーとニゴーがいたらと考える。

『みすてるのー、ひどーい』

『ますたー、みそこなった』

心の中のイマジナリーゴーレムたちにツッコまれて、俺は踏み出した。

どうせ知らない生徒だし、なら旅の恥は掻き捨てだと、俺は勢いよく大股で飛び出した。

「いやぁ、ありがとう！　おかげで助かったよー！」

右手の矢と、左手のリーフキャットを掲げながら声をかけた。

──ちょっと、わざとらしかったか？

四人の女子たちは不審者を見る目で振り返ってきた。

冷たい視線が痛いけど、ここで負けてはいけない。

「これ、君の矢だろ？　おかげでリーフキャットに襲われずに助かったよ。本当に君のおかげだよ
ありがとう。あ、これ矢は返すよ。あとリーフキャットの素材。君が倒した君の獲物だから返す
よ」

「え？　え？」

「じゃ、俺のクラスはもう集合時間だから」

一方的にまくしたてながら彼女の手柄と所有権を主張してから矢と死体を押し付けて、そそくさと背を向け逃げた。

あまり長くいると、彼女の立場が悪くなってしまう。これぐらいで、ちょうどいい。

実際、背後からはもう、ハロウィーを責める言葉は聞こえてこなかった。

ここまで手柄を主張されては、責める空気にできないのだろう。

作戦成功だ。

——それにしても。

森の中を小走りに駆けながら思い出すのは、間近で目にしたハロウィーの姿だった。

魔獣と戦っている時はじっくりと目にする余裕は無かったけど、ハロウィーの容姿はひと際異彩を放っていた。

一言で言えば凄く可愛い。

この世界の人の顔立ちは地球のどの人種とも違う。あえて言うならゲーム顔だ。

その中でもハロウィーは特別に可愛い。

まるで、画像生成ソフトでデザインしたような美少女だった。

紫陽花(あじさい)色を思わせるような、薄紫色のショートヘアーと大きく愛らしいタレ目、桜色の小さなくちびるに、男心をくすぐられてしまう。

あんな子が前世の地球にいたら、間違いなく外見だけでトップアイドルになれるだろうと夢想した。

◆

校舎に戻ると、他の生徒たちはみんな、レベル二に上がっていた。

レベルは低いほど上がりやすい。

一日でレベルが一から二になるのはおかしくない。

ただし、俺だけは帰る途中で三になった。

それに、さっきから数分ごとにリザルト画面――俺にしか見えない――が開くし、ストレージには勝手に魔獣の死体や、薬草など森で採れる素材が増えていく。

もしかしなくても、イチゴーとニゴーがストレージに入れてくれているようだ。

「おいみんな、貴族様の凱旋(がいせん)だぜ」

俺の姿を見つけるや、生徒の一人が意地悪く笑った。

「一人でシコシコどこで何やっていたんですかぁ?」

「オレらはみんなレベル二になったけど伯爵さまは、おっと元伯爵さまでしたね」

「すいませんねぇ、あたしらだけ先に行っちゃって」

同級生たちの嘲笑が胸に刺さる。

これから毎日こんな日が続くのかと思うと憂鬱で仕方ない。

早く貴族科に戻りたい。

自身の気持ちを代弁するように重たい足を引きずりながら、俺は教室へと帰った。

◆

放課後、俺は誰ともかかわらずに平民科の寮に戻ると、レベル四に上がっていたので三体目、四体目のゴーレムを作った。

サンゴーとヨンゴーだ。

ヨンゴーは名前を与えるやいなやメッセージウィンドウを更新。

『おっすおらヨンゴー、こころやさしきかがくのこっす』

と、某レジェンド作品を彷彿とさせる自己紹介をした。

先に作ったし名付けたのに、サンゴーはその様子をぬぼーっと眺め終えてから、随分遅れて、

『サンゴーなのだー』

とメッセージウィンドウを更新した。

しかも、床にお尻を下ろして。

――のんびりだなおい。

そんなサンゴーの平らな頭の上に飛び乗り、ヨンゴーは俺に向かって勢いよく手を突き出してきた。

『ろけっとぱーんちっす！』

「ついていないぞ」

『ガーンっす。なぜヨンゴーにはついていないっすか？　ようしきびなのに！』

「いやどこで覚えたんだよ？」

『でゅくしっす』

俺が寸止め空手チョップでツッコミを入れると、ヨンゴーはよろけたフリをした。

「それは殴る側の台詞な」

――あれか？　俺の記憶を読み込んでいるのか？

俺が首をひねる間も、ヨンゴーはサンゴーの頭をステージにテンションを上げていた。

それでもなお、サンゴーは微動だにせず、むしろ丸い目は横線になっていた。

――ね、寝ている!?

図太いを通り越して、貫禄すら感じた。

イチゴーともニゴーとも違うキャラの濃さに、自律型ゴーレム生成スキルの神髄を見た気がする。

「ていうか友達の頭に乗っちゃ駄目だろ。ほら、降りた降りた」

脇腹を抱き上げるとヨンゴーは、

『アイキャンフラーイっす』

と、両手を左右に伸ばした。

――うん、絶対地球の記憶継承しているなこれ。

そうしてヨンゴーを床に降ろすと、俺は二人と一緒にストレージの中の各種素材を物色。

楽しく品定めをしながらサンゴーとヨンゴーに配合していった。

その間もリザルト画面は止まらず、寝る前に俺のレベルは五になった。

すると、ウィンドウに目新しい通知が届いた。


『レベルが5になったことで新しいスキルが解放されました』

『やまびこスキル：イチゴーたちが音声を録音してくれます』

『神託スキル：イチゴーが質問に答えてくれます』


「ようは録音機能とＡＩチャットみたいなものか。なんかスマホみたいだな」

付随して、十五年間触っていない自宅の愛機たちを思い出す。

スマホ、タブレット、ＡＩコンシェルジュ、ロボット掃除機、家庭用３Ｄプリンタにロボドッグ。

彼らは元気だろうか。

「でも、イチゴーが答えてくれるって……」

幼く可愛い動きのイチゴーを思い出しながら、俺は苦笑を漏らした。

「じゃあさっそく何か聞いて……あれ？」

自律型ゴーレム生成スキル同様、神託スキルを発動させようとするも何も起きなかった。

妙に感じてウィンドウを操作。

俺のスキル画面を見ると、【神託スキル】の表示が薄くグレーアウトしていた。

まるで、最後まで利用規約を読まないと【同意する】が押せないアプリの初期設定画面みたいだった。

やまびこスキルはちゃんと黒いのに、何故？

「なんだ？　他に何か発動条件でもあるのか？」

左右からむぎゅっと俺を挟み込み、一緒にウィンドウを覗き込んでくるサンゴーとヨンゴー。

二人を抱きかかえながら頭をよしよしいいこいいこしながら、俺は首を傾げた。すべすべしていて、なでごこちが良い。

二人も気持ちいいのか、ますます俺に体を寄せてくる。

画面の隅々まで視線を走らせるも、詳しい使用条件は書いていない。不親切だなぁと思いつつ、考えるのをやめた。

この世界にはサポートセンターが無い以上、わかりようがないと寝ることにした。

着替えて、硬いベッドに入る前にサンゴーとヨンゴーをストレージに戻そうとして、小脇の感触がなくなっていることに気づいた。

ウィンドウから視線を外して、二人の姿を捜す。

「あ……」

二人とも、勝手にベッドに入っていた。

その姿は、ママを待つ幼子を思わせる。

「しょうがないな」

二人を左右の脇腹に抱えて、俺は眠りについた。

すごく、寝がえりがしにくそうだけどまぁいいだろう。

むしろ二人がいい抱き枕になったのか、平民科初日の夜は自分でも驚くぐらい早くに意識を失えた。

◆

そして翌朝、目を覚ますと俺はレベル六になっていた。

「え？　俺すごくね？」

寝惚け眼も吹き飛ぶ画面に、一人で誰かにツッコんだ。

レベル六。

個人差はあるけれど、確か去年の兄さんが一学期終了時にこれぐらいじゃなかったか？

ステータス画面を見れば、筋力、速力、耐久力、どれもそれなりに上がっている。

つい、ベッドの上で片手逆立ちをしてみると、あっさり成功した。

――運動神経もだいぶ上がっているな。

次いで、新しいリザルト画面に目が留まった。

「またか。あいつら、もしかして一晩中魔獣狩りしていたのか？」

なんだか凄くブラックな匂いを感じるも、ゴーレムの二人に疲れは無い。

ゴーレムは、所有者の魂から生成される精神エネルギー、魔力で動く。

そのため、理論上は疲労が無い。

俺の魔力量は極めて平均的だけど、二人とも燃費がいいので魔力は一応足りている。

単純計算で、五体までなら二十四時間稼働できる。

――それにしても燃費良過ぎじゃないか？　エネルギー保存の法則さん、仕事していますか？

もっとも、魔力を地球の物理法則に当てはめると何ジュールなのかわからない以上、そんなことを考えるのは不毛だろう。

ベッドに座り込んだ俺は、さっそく五体目のゴーレムを作った。

作り過ぎて魔力切れになっても困るので、六体目は作らない。

青いポリゴンの中から、ちょこちょこと歩いてきたゴーレムに目線を合わせるように、俺はしゃがみ込んだ。

「よし、お前の名前はゴゴーだ。よろしくな」

『ゴゴーなのです』

両手を腰に当てて、むふんとお腹——たぶん胸のつもり——を突き出してくる。

なんだか、イチゴーよりもさらに幼い雰囲気を感じる。

そこへ、サンゴーとヨンゴーが歩み寄ってくる。

どうしたのかと思うと、急に三人は両手を挙げて、まぁるいおなかをぽよんと押し当て合った。

視界のメッセージウィンドウが上に流れる。

『『『じょうほうきょうゆー』』』

『どうきー』

『れんけいー』

『へいれつかー』

——かわいいぃ！

お腹をぽよぽよ当て合い、すりすりこすり合うゆるキャラゴーレムたちが可愛過ぎて、俺は何かが込み上げてきた。

そこで、ふと違和感を覚える。

——同期、連携、並列化……これ、スマホとかＩＴで使う言葉だよな？　なんでそれがこの異世界にあるんだ？

本当にスキルが女神の祝福でファンタジーな存在なら、地球のＩＴ用語を使うのはおかしい。

——もしかしてここ、異世界じゃなくて未来の地球か？

魔法と区別がつかないほどに科学が発達したあと、世界大戦で文明が滅び、人々は科学の名残を神格化した。
神話の魔王と女神の戦いの正体は世界大戦。
スキルや魔法はナノマシンとか遺伝子改造で人類が目覚めた超能力。
——無い話、じゃないな……。
俺が推理していると、もちもち行為からゴゴーが外れた。
そして、俺の横のリザルト画面を覗き込んできた。
『これがイチゴーとニゴーのリザルトがめんなのです？』
「そうそう。お前の姉妹機が森で倒した魔獣のリザルト画面だよ」
『ずるいのです。ゴゴーもいきたいのです』
ゴゴーは短い手でぽんぽんと俺の脇腹を叩いてきた。
——イチゴーもだけど、おねだりするゴーレムって新鮮だな。
普通、ゴーレムは命令通りにしか動かない。
けれど、イチゴーたちは人間と同じように、自分の意思で動いているように見える。
これが、自律型ゴーレム故の特徴だろう。
ますます可愛く思える。
「ならお前も森に行っていいぞ？　だけど無理はするなよ」
『わかったのです』
『ならじぶんもいきたいのだー』

『ヨンゴーもいきたいっす』

三人はちょこちょこと手を動かしながら俺におねだりしてくる。

その姿は可愛くて、つい甘くなってしまう。

「みんな好奇心旺盛だなぁ。じゃあ他の人には見つからないよう気を付けろよ。人に会ったらとにかく逃げの一手だ」

最悪、魔獣と勘違いされて討伐されかねないからな。

三人はそれぞれの返事をして、ぱたぱたと部屋を出ていった。

ドアノブはヨンゴーがジャンプして回して開けた。

指が無いゴーレムたちだけど、手に物が吸い付くようだ。

まるで小さな我が子たちが公園に遊びに行くのを見送る親の心境になると、またも新しいリザルト画面が開いた。

ストレージに追加された魔獣の素材一覧を目にして、あらためてストレージ内を確認した。

「へぇ、一晩の間に随分と増えたな」

イチゴーとニゴーが倒した魔獣の経験値も素材も全部俺のモノになるので、まるで放置ゲーをしているようでなんだか楽しい。

生前は、そんなソシャゲをいくつもやっていた。

がんばったご褒美にと、俺はウィンドウを操作して素材をイチゴーとニゴーにどんどん配合していく。

ちょっとずつ強化されていく二人のステータスに俺が満足していると、ある素材に目が留まった。

夜の間に倒したであろう、スタンバットというコウモリ型魔獣の素材に【！】がついている。

気になりイチゴーに配合してみると、ウィンドウにダイアログが追加された。

『神託スキルが使用可能になりました』

続けて、森にいるはずのイチゴーからメッセージが届いた。

『なんでもきいてねー』

それで理解した。

どうやら、新しいスキルの解放には俺自身のレベルアップと同時に、必要な素材をゴーレムに配合する必要があるらしい。

俺とゴーレムの関係は、ちょうど人間とスマホの関係に近いようだ。

俺がアプリの使い方を覚えても、スマホにアプリをインストールしないと使えない、というわけか。

試しに何か質問してみようかと思うも、そこで学園の鐘が鳴り、俺は慌てて着替えた。

◆

一限目の授業は魔法戦闘学だった。

担当教師はカイゼル髭(ひげ)をいやらしくなでながら、居丈高にご高説を垂れ流していた。

「魔法戦闘に重要なのは重厚な知識です。ただ真正面から力押しをすればよいというものではありません。もっとも、このような高尚な話をしても育ちの悪い人や、環境を活かせない三流の生徒には無駄かもしれませんが」

厭味ったらしい口調で生徒たちをねめつけてから、先生は俺を指さした。

「ミスター・ラビ。魔獣と動物の違いは？」

——そんなの常識だろ？　何を考えているんだ？

「一定以上の魔力を持ち魔法を使うのが魔獣。魔力を持っていないか持っていても魔法を使えないのが動物です。馬とか牛とか」

例えば、ホーンラビットの場合、最低限だけどスピードアップの肉体強化魔法を使っているらしい。

「ではそれを最初に提唱した人物の名前は？」

先生の口元がニヤリと歪んだ。

——いや、そんなの教科書に載っていないだろ？

それに、誰が提唱したかなんて戦闘には関係ない。言っていることがめちゃくちゃだ。

俺が答えられないでいると、先生は上機嫌に鼻を鳴らした。

どうやらわざと生徒が答えられない質問をして、相手の無知を笑うのが趣味らしい。

生前も、わざと難解な言葉を使って相手が知らないと無学と笑う奴がいた。

世界が変わっても、人間の質というのは変わらないらしい。

そこでふと、俺は頭の中で神託スキルを使ってみた。

俺にしか見えないウィンドウが開いて、チャット画面が表示される。

本当にまんまＡＩチャットだ。

――イチゴー、魔獣と動物の違いを最初に提唱したのは誰だ？

なんて、イチゴーが知るわけもない。だけど、駄目元で聞いてみた。すると……。

『シートルはかせだよー』

――へ？

即答だった。半信半疑でメッセージウィンドウを読み上げてみる。

「シートル博士です」

「ぬっ、正解です……では魔法と魔術と呪文の違いは？」

「魔法は魔力を使った技術全ての総称。魔術は攻撃魔術、火炎魔術、支援魔術、回復魔術、のように魔法を種類ごとに分ける時に使う呼び方。呪文はさらに細かい技一つ一つのことです。火炎魔術の中のファイヤーボールみたいに」

「で、は、その分類を明確にしたのは誰で何年の話ですか？」

――イチゴー、今の話分かるか？

『アレイ・ローリーはかせでせいれき８１２ねんだよー』

「アレイ・ローリー博士が星歴八一二年に分類しました」

「ッ、正解です」

先生は憎らし気に舌打ちをすると踵を返して、今度は別の生徒を当てた。

当てられた生徒はさらに難解な質問を浴びせられ、たじたじだった。

もっともその生徒は俺をバカにしていた生徒なので、可哀想とも思わない。

それより気になるのは……。

――イチゴー、お前凄いんだな。

『しられているちしきはしっているよー』

つまり、知識としてこの世に存在することは知っている、ということか。

生前も、ネットの知識を元になんでも答えてくれるＡＩチャットアプリがあったけど、似たようなものだろう。

さっきの一件で懲りたのか、先生は授業が終わるまで、一度も俺には質問をしなかった。イチゴーには感謝しかない。

ふと、生前、父さんの会社が作ったＡＩコンシェルジュにもやったように、自己紹介をさせてみる。

――お前は誰だ？

自分の名前やスペックを言ってくれる。そう思って尋ねたのだが、イチゴーは……。

『アクセス権限がありません』

――え？

メッセージウィンドウの一文に、俺はしばし唖然とした。

――どういう意味だ？　アクセス権限を持っている奴が別にいるのか？

イチゴーは、神様から授かった俺のスキルで創造したゴーレムのハズだ。

俺以外に所有者がいるとなると、それこそ神様本人しかいない。

――イチゴーって、神様が作ったゴーレムなのか？　自律型ゴーレム生成スキルって、神様から作った物をレンタルするスキルなのか？　いや、まさかな。

いくらなんでも考え過ぎだと、俺は思考を遮った。


そうして二限目、三限目と授業は進み、迎えた昼休み。

食堂で安いパンとサラダを食べながら、俺はリザルト画面と各種ウィンドウを眺めていた。

俺のレベルは六から九に上がっていた。

今、イチゴーたちはオンラインゲームのプレイヤーよろしく、五人で森の雑魚魔獣たちを狩りまくっている。

その経験値の全てが、俺一人に集約されているのだから、レベルが上がるのも当然だろう。

もちろん、魔獣の死体や薬草、木の実などの素材回収量も五倍だ。

授業が終わるたび、ウィンドウを開くたびに増えていく素材を目にすると、本当に放置ゲームをしている気分だった。

――すごいな。

ボキャ貧だけど、それしか言えない。

素材の量に、ただただ圧倒された。

行商人を軽く超える在庫を次々、森で頑張っているゴーレムたちに配合していく。

ただし、一体のゴーレムにつき同じ素材を使える個数には限度がある。

ホーンラビットのツノを配合すると速力が上がる。

でも、イチゴー一体に一〇〇個使うことはできない。

五体全部のゴーレムに素材を上限まで配合しても、まだ素材は大量に残っている。

もしも俺が錬金術師なら、この素材で様々な魔法アイテムを錬成して有効活用できる。

けど、俺が持っていても無用の長物だ。

ストレージに入れたモノは劣化しないけど、このまま寝かせておくよりも、どこかで買い取ってもらったほうがいいだろう。

そう思った矢先、新しいリザルト画面が開いた。

五人で協力したのだろう。ブラックハウンドという、中堅程度の魔獣の死体と経験値が加算された。

――ブラックハウンドの牙、爪、毛皮は、全部イチゴーに配合するか。

ゲーム的思考でいけば、全体的に強くするよりも、ある程度主力になるユニットがいたほうがいい。

レア素材は、イチゴーに集中させることにする。

が、そこでリザルト画面からファンファーレが鳴った。

『レベルが10になったことで新しいスキルが解放されました』

『再構築スキル：材料とレベルに応じてイチゴーがどんな形状のモノ、道具でも生成してくれます』

――それってまさか、３Ｄプリンタ!?

前世の記憶を思い出して、軽く興奮した。

生前は父さんの会社で作った家庭用小型３Ｄプリンタで、ネット上から二次元キャラのモデリングデータをダウンロードして、フィギュアを作りまくった。

何日もかけて塗装して、俺の机の上は、理想の美少女フィギュアが勢ぞろいだった。

それは置いといて、だ。

ここはファンタジー世界。

素材に応じて何でも生成できるということは、魔法の力を持った道具、魔法アイテムを作れる可能性が高い。

ようは、異世界転生でおなじみの勝ち確チートの錬金スキルだ。

これが使えれば異世界転生あるあるの製作無双ができるかもしれない。

現代商品を作って現代知識無双。

チート商品を売買して経済無双。

そうしたらそれを手柄に貴族に戻れる可能性は高い。

期待は否応(いやおう)なく高まった。

——いや待て落ち着け。ここで一度クールダウンだ。期待が大きいとぬか喜びした時のショックも大きいからな。

これでもしも、とんだ勘違いの肩透かしスキルだったら目も当てられない。

まず大事なのは、再構築スキルの性能を試すことだ。

何にせよ、これで俺のやることは決まった。

まず、再構築スキルを使えるようになる素材を探す。そして、再構築スキルの性能テストだ。

——それにしても、ゴーレムにチャットに3Dプリンタって、自律型ゴーレム生成スキルっていうか、これ、ITスキルじゃないか?

次の授業は実技なので、イチゴーたちに一度帰ってくるよう指示を出してから、俺は紅茶をすすった。

◆

昼食後の午後。

俺らは授業で、また校舎裏の森に来ていた。

ただし、昨日とは違い、他のクラスの生徒とも一緒だ。

「よし、それでは各自、仮チームを組むように。それと、できるだけ前とは違う相手を選びなさい」

なんて先生から言われても、俺は最初から傍観モードだった。

どうせ俺と組みたがる奴なんていない。

と、出発の時間までだらだらと周囲を眺めていると、俺の視界にメッセージウィンドウが表示された。

直後、森のほうからイチゴーたちが姿を現した。

『ただいまー』

「おかえりみんな」

俺が五人をストレージにしまうと、黄色い悲鳴が聞こえてきた。

「クラウス君！　あたしと組もう！」

「いや、アタシと組もうぜ。後衛は任せろ！」

「お前は昨日も同じチームだったろ」

「うちのチームと連携しただけでチームは別だったんだよ！」

女子を中心に大勢の生徒からアプローチをされているのは、艶やかな茶髪が麗しい美形の男子だった。

背は高く、品格があって洗練された軽装鎧の腰にはロングソードを提げている。

貴族科にいた俺は知らない生徒だけど、きっと平民科でのクラスカースト一軍、といったところだろう。

どこの世界にもそういうのはあるんだなと思いながら、俺は陽キャオーラから逃げるように背を向けた。

すると、クラウスとは対照的に、すげなく断られている生徒もいた。

「いやよ、あんたトロいじゃん」

「サポーターのクセにアンタのサポートが必要とかわけわかんないんだけど」

そう言って女子たちから避けられた女の子は淡い紫髪のショートヘアに大きなタレ目が可愛い、ちょっと小柄でおとなしそうな、とびきりの美少女だった。

ようするにハロウィーだった。

どうやら、隣のクラスだったらしい。

可憐(かれん)な彼女が困っていると、不細工な男子たちが近づいていく。

「ハロウィーちゃーん、余っているならオレらんとこ来なよ」

「だいじょうぶ、オレらがちゃんと守ってあげるから」

と、気持ち悪い猫なで声を出している彼らの視線は、彼女の小柄な体軀(たいく)には不釣り合いな胸とお尻に集まっていた。

顔に注目している男子も、不自然なぐらい体を傾けて下から覗き込むようにしている。

女子に責められても毅然(きぜん)と言い返せるハロウィーも、たじたじだった。

「い、いやぁわたしはそんな、遠慮しようかなぁ。みんなの輪を乱しても悪いし」

やんわりと断るハロウィーに、男子たちは下心を隠そうともせず鼻息荒く、まばたきも忘れて詰め寄った。

弁護の余地が無いほどの犯罪臭に、俺はドン引きだった。

控えめに言って、ハロウィーはかなり可愛い。

アニメの美少女キャラを実写化したような、２・５次元美少女だ。

俺はまたソロか、あるいは余った人と組む予定だ。

つまりは隣のクラスのハロウィーと組むか、またソロかだ。

「あ、だいじょうぶだよ。オレらの輪なんて乱れないから」

「そうそう気にしなくていいぜ」

「これで問題解決だな」

「え？　いや……」

今までの俺なら君子危うきに近寄らずとばかりに無関心を決め込んだだろう。

でもそれは、あくまでも俺に力が無かったからだ。

今の俺にはレベル十の肉体とゴーレムたちがいる。

それに……。

——俺が貴族に戻るには、あの子の助けが必要だ。

彼女の狙撃能力を知る俺がストレージからイチゴーを取り出したのは、男子がハロウィーの肩に手を回そうとした時だった。

「じゃあこれで問題ないってことでチーム結成だな。早く行こうぜ」

「おーい、どうしたイチゴー？」

俺がわざとらしく声をかけると、男子たちの動きが止まった。

彼らの視線の先で、イチゴーがちっちゃな足でちょこちょことハロウィーに駆け寄った。

そして、彼女の脚にむぎゅっと抱き着く。

「かわいぃ」

という可愛い声がハロウィーの口から漏れる。さっきまでの困り顔が消えて、ほにゃっと頰を染めている。

「あ、なんだこんなところにいたのか。捜したぞ。じゃあ早く行こうか。イチゴーも君と一緒に森に行くの楽しみにしていたんだぞ」

俺の顔を見るや、ハロウィーの口が小さく開いた。

その表情が「あ、昨日の」と語っている。

けれどそれは一瞬、すぐ笑顔に戻った。

「そうなの？　うれしいなぁ」

ハロウィーは細い手で、イチゴーの頭をなでまわした。

「ほら行こうぜ」

「うん♪」

ハロウィーは太鼓のように太いイチゴーを器用に抱き上げると、すばやくステップ。

男子たちの輪から飛び出して俺の隣に立った。

「おい、テメェ急に出てきて何勝手なことしてんだ？」

男子たちが苛立つように呼び止めてきたので、俺は素早く言葉を返した。

「悪いけどこの子は俺と組む予定なんだ」

「は？　んなわけないだろ」

「お前あの噂の平民落ちだろ？　なんで隣のクラスのハロウィーと知り合いなんだよ」

「それは……」

昨日の、女子たちの会話を思い出した。

「昨日森で知り合ったんだよ。エリーも一緒にいたから知っているぞ。おいエリー！」

俺が声を張り上げると、昨日の女子の一人、エリーと呼ばれていた女子が反応した。

「あ、あんた昨日の！」

エリーがしっかり指をさしてくると、男子たちは言葉に詰まった。

「ほらな。本当だったろ？　じゃあ俺らはこれで」

「じゃあごめんね。先約優先だから」

尻馬に乗るようにして、ハロウィーもついてくる。なかなかノリの良い子だ。

他の女子からはトロいなんて言われていたけど、どん臭いというわけではないらしい。

◆

男子たちからエスケープすることに成功した俺とハロウィーは、しばらく小走りになってから足を止めた。

「ここまで来れば、追ってこないだろう」

「うん、ありがとう」

俺が振り返ると、ハロウィーはイチゴーを抱きすくめながら、リラックスした声で感謝をくれた。

彼女の安堵した表情に、俺も満足だ。

「これで二度目だね。助けてくれたの」

ひとなつっこい笑みで俺を見上げてくるハロウィーの眼差しからは、やわらかい親しみと尊敬の情を感じ取れた。

「お互い様だろ。それにそっちは俺の命を助けてくれたんだ。謙遜するなよ」

「え？」

きょとんとまぶたを上げるハロウィー。

他人からの些細な気遣いは敏感に感じ取れるのに、自分の功績には無頓着らしい。本当に控えめというか、奥ゆかしい子だ。

「昨日、森で俺をリーフキャットから守ってくれたろ？」

「あー、あれ？」

俺に指摘されてもなお、ハロウィーはピンと来ていないようだった。

「でもわたし、ただ矢を射ただけだし。命を助けたなんて大げさだよぉ」

はにかんだ笑みで頬を赤く染め、両手を左右に振る——イチゴーは腕で挟みキープ——。

きっと、彼女にとっては、転びそうな人をちょっと支えた程度のことなのだろう。

「謙遜するなよ。そういえば、昨日みんなに責められている時、俺を助けるためにって言えばよかったのになんでしなかったんだ?」

理由は想像に難くない。

だけど、俺の想像はあまりにも理想的過ぎて、ちょっと信じられなかった。

何か、他の理由があるのではと思ってしまう。

俺の問いかけに、ハロウィーはイチゴーをぎゅっと抱きしめうつむいた。イチゴーの頭に顔を半分もうずめながら、ためらいがちに一言。

「え?」

「だって、それでもしもラビが責められたら悪いし」

「助けてなんて頼まれていないのに、わたしが勝手にしたことで余計に立場が悪くなったら、ダメかなって」

ハロウィーが天使過ぎて頭を抱えたくなった。

——この子は本当に人間かな? ファンタジー世界だしコウノトリが運んできたんじゃないのか?

なんて、あり得ない妄想をしてしまった。

「それにしてもこの子たち、ゴーレムなのに軽いね。赤ちゃんやオス猫くらいかな？」

——たとえがいちいち可愛いな。

ハロウィーが腕の中のイチゴーをむぎゅむぎゅと抱きなでまわすと、イチゴーは短い脚をぱたぱた動かして喜んだ。

イチゴーもハロウィーになついているらしい。

基本的に、ひとなつっこいようだ。

「材料は土なんだけど密度が薄いのかもな」

「ゴーレムって何人いるの？」

イチゴーを草地に下ろしたハロウィーの問いかけに、俺はストレージを開放した。

「今のところは五人かな」

目の前に四個の赤いポリゴンが現れた。

中からニゴー、サンゴー、ヨンゴー、ゴゴーが現れる。

みんな、おりこうに並んでいるのにゴゴーだけが俺に駆け寄ってきた。

ゴゴーがぴとっと俺の脚に抱き着くと、他の三人も我慢できなくなったように次々と俺の周りを囲み始めた。まるで子犬だなと思う。

ニゴーだけ、ちょっと抱き着き方が控えめなところに個性を感じる。

命令通りに動くだけの人型道具のゴーレムとは違い、自律型は一味違う。

「あはは、なんか子犬みたいでかわいいね」

ハロウィーとは話が合うと思った。わかっていらっしゃる。

「これが俺の能力。ゴーレムを作って指示を出せる」

「ラビが操っているの？」

「いや、ゴーレム一人一人に人格があるぞ。俺はあくまで指示を出すだけだ。それとなんで俺の名前を知っているんだ？」

「だって有名だもん。貴族科から転科してきた、え、あ、いやあの！」

失言に気づいたように、あわててフォローの言葉を探すハロウィー。

両手を右往左往させる姿が面白かった。

「いいよ本当のことだから。聖典に出てくる魔王と同じ、魔獣型ゴーレム使いだからって実家を追い出された落ちこぼれの元貴族だろ？」

「あぅ……」

わかりやすく目を伏せ、しょんぼりと落ち込むハロウィー。

大きな胸の前でちっちゃく握られた左右の拳が、今でも一生懸命フォローしようとしているみたいで、なんだかありがたい。

「俺のことより、ハロウィーはどうなんだ？　さっきチーム入りを断られていたみたいだけど、矢が当たらないのか？」

彼女の背負う弓に視線を送ると、ハロウィーは恥ずかしそうに頭をかいた。

「いやぁ、それが命中率には自信があるんだけどぉ……」

しょんぼりを肩を落とした。

「わたし、狙うのに時間がかかるんだよね……スキルも発動に時間かかるし……」

「ハロウィーのスキルってなんだ？」

顔を上げて、彼女は背中の矢籠に手を伸ばした。

「魔力圧縮っていうんだけど、なんて言えばいいのかな。狭い範囲に魔法の威力を集中させるの。こうやって」

ハロウィーが弓を構えると、彼女の手から矢に魔力が集まっていく。

量はそれほどではない。たぶん、初級魔法程度だろう。

だけど魔力は矢の先端に圧縮、収束していく。

刹那。

矢が、閃くようにして放たれた。

一筋の赤い光となった矢は木の幹を貫通し、うしろの木に突き刺さる。

「うぉ!?　……すごいな」

穿たれた孔の直径は五センチ程度で、工業用ドリルでくりぬいたように滑らかだった。

穴の中が黒く炭化している。

まるでレーザービームだ。

「わたしは初級の魔法しか使えないけど、これで魔獣の急所を射抜けば格上にも通じる自信があるよ」

彼女はちょっと自慢げに目元を凛々しくした。

「まぁ、発動には一分ぐらいかかるんだけど……」

そしてすぐに照れ臭そうにはにかんだ。

――ようするに狙撃手タイプってことか。

確かに、他の女子たちが嫌がるのもわかる。

チーム戦における弓兵の役目は、後方から射撃で味方を支援することだ。

だけど、狙いを定める時間が長いと弓兵を守る壁役が必要になってしまう。

これでは効率が悪い。

大集団戦闘の戦争ならともかく、魔獣戦には不向きだろう。だけど……。

「ならゴーレムたちに守らせるよ。みんな、常に二人でハロウィーを守ってくれ」

『わかったー』

「え、いいの？　大丈夫？」

「強度は岩並みだからな。俺らよりも一〇〇倍頑丈だよ」

任せて、とばかりに、イチゴーたちは手を腰に当て、むんと胸を張った。

もっとも、体が丸いからあまり背を反らせていないけど。そこはご愛敬だ。

「それにうちは後衛がいないからな。助けてくれるか？」

俺が穏やかに尋ねると、ハロウィーの顔がパッと明るくなった。

「うん、じゃあ助けてあげるね。ありがとう、ラビ」

陳腐な言い回しだけど、花が咲いたような可愛らしい笑みだった。

◆

体感でおおよそ一時間後。

俺のハロウィーに対する評価はうなぎのぼりだった。

魔獣のヨロイイタチが俺に噛みかかってきた刹那、俺の横腹をかすめ、一本の矢がヨロイイタチの眼球を貫いた。

──この狭い隙間で必中かよ。

顔を硬い甲殻で覆った魔獣だけど、ハロウィーには関係ない。

彼女の命中精度たるやプロのスナイパーが舌を巻くほどだった。まさに百発百中どころか百発千中の勢いだ。

彼女が放った矢の数だけ、確実に魔獣が絶命している。

──これは、本当に最高の後衛だな。

互いに弱点を補い合えば、貴族に復帰できるだけの手柄を立てられるかもしれない。

そんな期待に振り向くと、ハロウィーの背後からゴブリンが近づいていた。

けれど、サンゴーが体当たりで防ぎ守った。ナイスプレイ。

『させないのだー』

『イチゴー、フォローをたのむっす』

『まかせてー、どーん』

視界の端でゴーレムたちの会話が上に流れていく。

完全にオンラインゲームのそれだった。

襲い掛かってきた魔獣たちを一掃すると、リザルト画面が現れた。

その向こう側では、イチゴーたち五人が一糸乱れぬ動き――ニゴーだけちょっと遅れている――で機敏にくるくると踊り始めた。

軽快な勝利のダンスに、頭の中でレトロゲームの勝利ＢＧＭが再生されてしまう。

――おいおい、どこで覚えたんだそのダンス。

呆れながら、あの短い足でどうやって跳ね弾んでいるのかが気になる俺だった。

そうしてひとしきりイチゴーたちのダンスを眺めてから、視線をリザルト画面に戻した。

獲得経験値とストレージに入る魔獣の死体の情報が表示されるも、まだ十一レベルには届かなかった。

――たぶん俺、レベルだけなら一年生でもトップクラスだろうな。

「今回もおつかれみんな、それとハロウィーもな。また助けられたよ」

「ううん、そんなことないよ！」

イチゴーたちのダンスから目線を切り、ちょっと興奮気味に話すハロウィー。

「この子たち本当にすごいんだよ。全部まかせられるっていうか、全然不安じゃないの。ありがとう♪」

にっこりと笑って、ハロウィーは踊り終えたサンゴーやヨンゴーたちの頭をなでまわした。

みんな、ちっちゃな騎士のようにえへんと背筋を伸ばした、ような気がする。

「えへへ、かわいくて強いなんて最高だね♪」

「イチゴーたちの可愛さがわかるなんて見どころがあるな」

と、ちょっとふざけて言ってみる。

実際、ゆるキャラやデフォルメ、二頭身キャラを知らないこの世界の人には、イチゴーたちが忌むべき魔獣型ゴーレムに見えている。

もしかしてハロウィーも異世界転生者なのでは？　と俺が疑った直後、彼女は笑顔で言った。

「うん、まるくて手足が短いところが実家のブタや羊たちみたいでかわいいね」

——あ、そういう。

「可愛いって、でも食べちゃうんだろ？」

刹那、ハロウィーの表情が名探偵のように鋭くなった。

「経済動物なので」キリッ。

——なんて説得力だろう。

同時に、こんなにおとなしい子なのに魔獣をバシバシ射ることができる理由がわかる。

「弓は実家にいた頃からやっていたのか？」

「そうだよ。家畜を狙った害獣がよく来るからね」

弓矢で害獣を駆除しながら可愛がって育てた家畜を解体する、ちょっと怖いハロウィーを想像して、俺はなんとも言えない気分になった。

——まぁ、アニメじゃないし、現実にはおっとりはわわ系小動物女子に戦闘とか無理だよな。

「だから学校を卒業したら魔獣退治でお金を稼いで、家の周りに深い堀と高い壁を作ってお父さんとお母さんに楽をさせてあげたいの」

——戦国時代のお城かな？

プチ城塞都市と化した牧農場を想像して、ちょっと笑った。

この王立学園を卒業する平民の進路は大きく分けて二つだ。

一つは王族か貴族に仕官して軍人になるか、あるいは魔獣退治や危険地帯探索を生業とする冒険者と呼ばれる職に就くか。

仕官は安定している半面、稼げる量も限られている。

広い牧場と農場を囲うだけの壁と堀なら、なるほど、多額のお金が必要だろう。

——若い娘の将来の夢が両親に楽をさせるって、本当にいい子なんだな。

まるで昭和ドラマのヒロインだ。

ハロウィーが美徳のかたまり過ぎて眩しい。

——よし、もしも再構築スキルが俺の思った通りのモノなら、卒業後に俺が作ってあげよう。絶対に。

なんて思っていると、イチゴーたちが組体操のように肩を組みながら肩車をした。

その手前の地面には、ずりずりと削った跡がある。

『かべとほりぃー』

「くふっ」

ハロウィーが目に涙をにじませて笑った。

彼女にメッセージウィンドウは見えていないも、ジェスチャーの意味を察したらしい。

「あはは、こんな子たちを作れるなんて、ラビって本当にすごいよね」

「そうか？」

「そうだよ。強くてかわいくて、わたしの知っているゴーレムとは全然違うもん。あれって、事前に決められた動きしかしないもんね。前も、図書館に忘れ物を取りに行ったら警備ゴーレムってば、利用時間を過ぎていますの一点張りだったんだから」

可愛くぷくっと頬を膨らませる。

「ほんと、わたし、ラビのこと尊敬しちゃうよ」

ハロウィーは目をキラキラさせて、ひとなつっこい声で俺を褒めてくれる。

とはいえ、俺の心境は複雑だった。

この世界において、スキルと才能は同義だ。

生まれつき運動神経のいい人をズルイと言わないように、スキルはその人自身の力という認識だ。

俺もそう思っていた。

でも、前世を思い出した今は違う。凄いのはスキルであって俺じゃない。スマホで五桁の掛け算をしたら『暗算得意なんだね』、とか言われている心境だ。

――実際、神託スキルや再構築スキルってイチゴーがいないと使えないしな。

俺とイチゴーの関係は、人とスマホの関係に近い。

イチゴーは自己判断や他人の命令ではスキルを起動できないし、俺もイチゴーがいないとスキルを使えない。

それが、ますますうしろめたさに繋がってしまう。

――凄いのは俺じゃなくてイチゴーだよなぁ。

「……ねぇ」

ふと視線を戻すと、彼女は肩を縮めて、ためらいがちに口を開いた。

「ラビはこんなにすごいのに、どうして追い出されちゃったの？　ラビが平民なんてもったいないよ」

最後のほうはしりすぼみに声が小さくなって、ハロウィーは申し訳なさそうにキュッと表情を硬くした。

マズイことを聞いてしまったか、俺を傷つけてしまったか、そんな彼女の気遣いが見て取れて嬉しかった。

元から、彼女のことは仲間にするつもりで近づいたんだ。

彼女になら詳しく話してもいいだろうと、俺は口を軽くした。

「強さは関係ないよ。貴族社会において、ゴーレムに必要なのは、どれだけ人間に近いかだから……」

ゴーレム使いの名門、シュタイン家の人間として、そして、貴族社会で生きてきた記憶を振り返りながら、俺は冷たい溜息を静かに吐いた。

今までは当たり前だと思っていたことが、前世の記憶を取り戻した今ではどれだけ異常なことかわかる。

「聖典に記された神話だと、ドラゴンなんかの魔獣型ゴーレムの軍勢で世界を滅ぼそうとした魔王を、女神様が人型ゴーレムの軍勢で倒して世界を救った。だからゴーレムは人間に近いほど高尚で、魔獣型は邪道。性能は二の次なんだ」

「え？　どうして？」

「女神に近いほど女神から愛されている証拠、そう解釈しているからだ」

「？」

ハロウィーは不思議そうに首を傾げた。

悪く言えば世間知らず、だけど彼女の純朴さが、俺には汚れを知らない聖女のように思えた。

「尊い女神は人型ゴーレムを操った。尊い存在は人型ゴーレムを作れる。だから人型ゴーレムを作る奴は尊いはず。逆もまたしかりってな」

生成されるゴーレムは使い手の精神の表出。

そう信じて疑わない自称敬虔な神の信徒である貴族社会では、動物型のゴーレムを扱う人は毛嫌いされる。

中には、前世がケダモノだったんじゃないかと陰口を叩く人までいる。

「知っているか？　教会には、非力な美形ゴーレムを生成できるってだけで出世しているゴーレム使いがいるんだ。『貴方(あなた)こそ神の恩寵(おんちょう)を受けしやんごとなきお方に違いありません』だってさ」

「それってこじつけじゃ……」

「こじつけだよ。でもそれが現実なんだ。みんながそう思っていたらそれは世論となり時代の価値観になる。人は正しさよりも自分好みの話にしか耳を貸さない」

だから、俺が実家から追放されたのも仕方ない。

そう言おうとして、何故か口は開かなかった。

「……ねぇ、やっぱり、ラビは貴族に戻りたいの？」

彼女の口から漏れた疑問に、俺は顔を上げた。

神妙な表情でじっと俺を見つめてくる大きな瞳、その眼差しに複雑な想(おも)いを感じながらも、俺は自嘲気味に言葉を返した。

「今は無理だろうな。けど、戻れるものなら戻りたいよ。この世界は身分制度の布かれた封建社会だ。下級でもいいから最低限貴族のほうが身の安全は保障されている」

でも、と区切って、俺は声を明るくした。

「しばらくは平民でいいよ。どうせ戻ったところで肩身は狭いしな。世間がイチゴーたちを見る目が変わって、俺が手柄を立てて、それからじゃないと、貴族には戻れないよ。それに、イチゴーたちが貴族科に戻ったらさびしいだろ？」

と、わざと意味深な口調で尋ねる。

ハロウィーはイチゴーたちを見下ろしてから、ちょっと頬を染めた。

「そ、それはそうなんだけどね」

言いながら、両手でイチゴーたちの頭をなでる。かわいい。どっちも。

正直、イチゴーたちを愛でてくれるハロウィーと一緒にいると、俺も気楽で悪くない。

貴族に戻れるだけの手柄となると、

【学年首席】

【在学中に上級冒険者入り】

【災害クラスの魔獣討伐】

こんなところだろう。

いくらなんでも三つめは無謀だ。

けど、他二つはやり方次第だ。

ゴーレムたちをうまく使えば、効率よく上に行けるかもしれない。

彼女とチームを組んで、活躍して、世間にイチゴーたちを認めさせてから貴族に戻る。

悪くない計画ではないだろうか。

彼女を利用しているみたいで悪いけど、その分、俺もハロウィーをサポートして、彼女の助けになりたいと思う。

ようはＷＩＮ－ＷＩＮの関係というわけだ。

だけど、誘い文句にちょっと悩む。

前世も今世も他人を、まして会って間もない女子を誘うのには慣れていない。

そうして俺が軽く悩んでいると、ハロウィーがうつむきながら一言。

「ねぇ、ラビ」

「なんだ？」

ハロウィーはまるで愛の告白をする乙女のように頬を染めて両手の指を絡め、くちごもり、意を決したように顔を上げた。

「あのね、もしよかったら、わたしと――」

「おい！」

ハロウィーの甘い声を遮るように汚い声が飛び込んできた。

気分を害しながら首を回すと、そこには見たくない顔が五つ、並んでいた。

「テメェさっきはずいぶんチョーシこいてくれたな」

「貴族だからってオレらのことナメてんじゃねぇぞ」

「言っておくけどな、テメェは家を追い出された平民落ちの元貴族なんだよ」

「今はオレらと同じ平民だってこと忘れんなよ」

「いつまでも貴族気分でやっていけると思うなよオラ」

授業の初めに、体目当てでハロウィーに絡んでいた男子たちだった。

あまりに雑な言いがかりに、頭が痛くなる。

逃げたい。

だけどその気持ちをぐっとこらえた。

周りに人がいないこの状況。

いま逃げても、こいつらは全力で追いかけてくるだろう。

「俺なんかにかまっている暇があるのかよ？　せっかくのレベル上げの時間なんだから、もっと有効活用しようぜ」

男子たちの顔に、邪悪な笑みが浮かんだ。

「おうおう、必死だなぁ」

「びびっているのが見え見えだぜぇ」

「素直に言えよ、元貴族だからってチョーシにのってすいませんでしたってなぁ」

「そうしたら許してやるよ」

――駄目か。こいつら本当にどうしようもないな。

「というかハロウィーさぁ、オレらの誘い断ったのってコイツとデキているからか？」

突然の下品ワードに、ハロウィーが赤面して固まった。

――うわぁ、ガキくさ……。

社会経験は無いものの、前世と合わせれば三〇年以上生きているせいか、余計にそう見えてしまう。

「あー、そういうことか。元って言ってもお貴族様だもんな。貴族時代の資産を考えれば平民よりは金持っているか」

「媚び売りに必至だな。玉の輿狙いかよ！」

「しょうがないだろ。胸に栄養取られて頭に回っていないんだから！」

ゲラゲラと下品に笑う男子たちに、ハロウィーは意外にも何も言い返せないでいた。

女子たちに責められても魔獣に襲われても動じない彼女だけど、こういう性的なワードには弱いらしい。

男子たちへの苛立ちに、こめかみが熱くなってくる。

家を追い出された俺の経済状況なんて憶測だろ。

俺のほうからハロウィーを誘ったのも見ていただろ。目の前でハロウィーを連れて行ったんだから。

――なのに、こいつらッ……。

「もういいや、さっさとこいつボコっちまおうぜ」

「安心しな。貴族時代のもの売って金をよこせばボコるのは今日だけで許してやるからよ」

「オレら優しいだろ？　でも忘れるなよ。これはお前ら貴族が今まで散々オレら平民にやってきたことなんだからなぁ！」

まるで昭和の三流作家が考えたようなテンプレ台詞だけど、この世界ではこれがデフォだ。

文明レベルや倫理観が中世時代。

人口当たりの強盗、傷害、性犯罪事件の数は令和日本の一〇〇倍以上だ。

おまけに道徳教育もまともに受けていない平民身分なら、ガラの悪い生徒の数も質も令和日本の比ではない。

気に喰わない奴には拳を振るう。

それが彼らの常識だ。

五人は武器を取ると、思い思いの言葉を口にしながら襲ってきた。

「ひゃっぺんボコった後で、地面に頭こすりつけて謝ってもらおうか！　無能の分際で平民様の気分を害してすいませんでしたってなぁ！」

「追放された低レベルの元貴族のくせに、オレらをバカにした自分を恨めよ！」

「これは教育だ。オレら平民の恨みを喰らいな！」

怯えながら弓を握りしめるハロウィーを男子たちから守るように、俺は前に進み出た。

「全員に命令だ！　こいつらをブチのめせ！」

剣を、槍を、斧を手に駆けてくる五人から視線を外さず、俺は冷たい声で叫んだ。

『げぼぁっ！』

五人のみぞおちに、ゴーレムの頭が深くめり込んでいた。

襲い掛かってきた男子たちは、体をくの字に曲げてぶっ飛んだ。

五人は武器を手放して地面に背中を打ちつけると、腹を抱えてのたうちまわった。

けれどそれもほんの一瞬。

間、髪を容れず、ゴーレムたちはそこらに落ちている石で男子たちの股間を殴打し始めた。

『■■ツッツッ〜〜〜〜〜〜〜〜〜〜〜〜！！！！？？』

五人の口から五十音では表現できない奇声が放たれた。

五人は涙と鼻水とヨダレを溢れさせながら両手で股間を押さえると、ノミのように体をまるめて動かなくなった。

けれどイチゴーたちは攻撃の手を緩めない。

地面に額をこすりつけて悶絶する五人の頭に向かって、腕を大きく回し始めた。

まるで、子供のぐるぐるパンチだ。

殴る。

殴る。

殴る。

殴るとにかく殴る。

殴る場所が足りなくて、一部のゴーレムは背中に飛び乗り、腰の中央をメッタ打ちにしていた。

ただしキックは使わない。足が短過ぎて届かないのだ。かわいい。

「ひぎぃいいいいいいいいいいいいいいい！」

「ぎびぃいいいいいいいいいいいいいいいいいい！」

「あぐぁあああああああああああああああああああ！」

「うぎぎぎぎぎぎぎ！」

五人は惨憺（さんたん）たる有様で、さっきまでの勢いはどこへやらだった。

反撃する気力も無く、ただ無限に続く激痛に全ての意思力を根こそぎ奪われ、ゴーレムたちの暴力を受け入れるだけの存在になり果てていた。

「ウガァアアアアアアアアアアアア！」

それでもただ一人、リーダー格らしき男子がやせ我慢だろう、絶叫しながら無理やり立ち上がった。

「ご、ごろじてやるぁ！」

近くに転がっていた剣を拾おうと伸ばした手に、サンゴーがドスンと飛び乗った。

「あぎゃっ!?」

手の甲の激痛に顔を歪めるリーダーのスネに、ニゴーとサンゴーが頭突きをかました。

「ギィッ！　ッッッ〜〜！」

敵ながら見上げた不屈の闘志で、リーダーはスネの痛みにも耐えた。

そして左の拳でサンゴーを殴り飛ばした。

「痛だぁあああああああ！」

——あいつ馬鹿だな。

イチゴーたちはすべすべしていて触り心地は良いものの、強度は岩石以上だ。

詳しい強度を知らなくても、格闘家でもないのにゴーレムを素手で殴るなんて頭が足りないとしか言えない。

「ほぁ■■■■ああああああああ！」

スネに頭突きをしたニゴーとサンゴーが、足首をつかんで左右に全力疾走した。

リーダーは強制的に一八〇度開脚をさせられて、股関節からミシミシと音が鳴った。

体操選手でもない彼に、これは拷問だろう。

さらにヨンゴーが落ちていた石で股間を殴打。

「■■■■ッ！」

そしてこれが自律型、ＡＩのなせる業なのだろう。

イチゴーたちは落ちている石や枝で五人を叩いたり、ズボンを脱がせたり、靴の中に砂を入れるなど、俺が教えていない屈辱的な攻撃をし始める。

ちっちゃくて丸くて可愛い、ゆるキャラ的ゴーレムにリンチされる不良生徒たち。

その姿は地味に痛快で、俺はつい笑ってしまった。

「まったく、さっきまでの威勢はどこにいったんだか」

「うわぁ……ゴーレムちゃんたち本当に強いなぁ……」

ハロウィーはすっかり感心して、ぽかんと口を開けていた。

そんな姿も可愛かった。

「ほんとにな。それに、これだけやれば俺らに仕返しする気も起きないだろ。もう安心だ」

「でもやり過ぎじゃないかな？」

「敵の心配なんてハロウィーは優しいなぁ。襲われかけたんだぞ？」

そんなところも、彼女の美徳だと思う。

「う～ん、それはそうかもしれないけど……」

「なんだ、何か事情でもあるのか？　実はあいつら友達とか？」

「いや、そうじゃないけど、だって……あれ、本当にだいじょうぶなの？」

軽く青ざめながら指をさすハロウィーの視線を追うと、もはやぴくりとも動かなくなった男子たちを、なおもフルボッコにするイチゴーたちの姿があった。

「ちょっやめろ！　男子たちのライフはもうゼロよ！」

つい、某国民的人気アニメの名言を口にしてしまいながら俺が止めると、イチゴーたちは一斉に動きを止めた。

「お前らいつまでやっているんだよ!?」

すると、みんな不思議そうに首——は無いので——体を傾げた。

メッセージウィンドウが更新された。

『ブチのめせっていわれたのだー』

『じかんやていどのしていがなかったっす』

『あるじどののしじがあるまでぶちのめしつづけた』

『ブチのめす、にはころすといういみもふくまれるかのうせいがあるー』

「人を殺しちゃ駄目だろ！」

『だめなんだぁー』

みんな、知らなかったとばかりに顔を見つめ合った。

——なんだろう。人工知能って自分で考えて行動できる半面、常識が不十分なのか？

思い出してみれば、イチゴーも最初、俺が命令しないと貴族の人たちから攻撃されっぱなしで、逃げようともしなかった。

ＡＩは頼もしい半面、ちょっと危ういものを感じる。

『やりすぎらしいのだー』

『そうなんすね』

『ちりょう』

『やくそうぬりぬりー』

一応、五人の命に別状は無いらしい。

茂みをかきわける音に意識が向いたのは、俺が新しいロボット三原則を考えようとした時だった。

『ますたー、きれいないしをひろったのです』

ちっちゃな足でちょこちょこと歩いてくるのはゴゴーだった。

そういえば、戦いの時にいなかったな。

ゴゴーが手に光る赤い石をストレージに入れてくれると、俺はウィンドウの表示に目を丸くした。

炎石――×1

「これ炎石じゃないか。レア素材だぞ」

「えっ!?　火炎魔術の力が入っているっていうあれ？」

ハロウィーも口に手を当てて驚いた。

本来、火炎魔術とは人の魂から生成されるエネルギー、魔力を炎に変換したものだ。

世の中にはその魔力を大量に蓄積した有益鉱石、魔石が存在する。

けれど中には、魔法石と言って最初から魔法の状態で魔力が蓄積された稀少（きしょう）鉱石も存在する。

さらに、魔法石は魔力を流すだけで特定の魔法に変換してくれる。

その一つが今回の炎石だ。

——魔法石は魔法アイテムの材料になる。それこそ、炎石なら炎の力を宿したヒートソード、みたいなのが作れる。

未だ使用不能の再構築スキルへの期待を高めつつ、俺は無視できない事実に気が付いた。

「そういえばゴゴー。なんで素材探しなんてしているんだ？」

『ヒマだったのです』

なぜか、むふんと偉そうに胸を張るゴゴー。

「いや、俺は戦うように指示したよな？」

『ひとではたりていたのでゴゴーはいらないのです』

——命令を無視して勝手に遊ぶって、どんだけマイペースなんだ……。

自分の意思で動く自律型ゴーレムは、命令以上のことを考えて実行してくれる半面、こういうデメリットもある。

でも、そこは可愛い人間味だと思うのでご愛敬だ。なでてあげたい。

俺はゴゴーの自由奔放さに呆れるも、ハロウィーは鈴を転がしたような声で笑っていた。

「ふふ、本当に子供みたい」

言葉の通り、その表情は小さな子供を愛でるお姉さんのように優しげだった。

——ハロウィーって弟や妹いるのかな？

小さな弟や妹たちの面倒を見るハロウィーを想像すると、すごく様になっていた。

「そういえばハロウィー、さっき俺に何か言いかけていたよな？」

確か「あのね、もしよかったら、わたしと――」と。

でも、ハロウィーはハッとすると、両手を左右に振って慌てふためいた。

「な、なんでもないよ。だいじょうぶだいじょうぶ」

本当は気になったけれど、俺はおとなしく引き下がった。

もしかしたら、本当にくだらないことだったのかもしれないし。

『ますたー、たまたまにやくそうぬるー？』

見れば、五人の男子たちはズボンとパンツを脱がされ、下半身丸出しで打ち捨てられていた。

ハロウィーが悲鳴を上げながら背を向けた。

「塗らなくて良し！」

俺は全力で叫んだ。

◆

しばらくして、俺とハロウィー、そして五人の足をつかんで引きずるイチゴーたちは学園に帰還した。

集合場所に集まった生徒たちは、俺らを見るなりぎょっとして青ざめ、ざわついた。

「すいませんケガ人です。誰か回復魔術を使ってください」

俺の呼びかけに、数人の生徒が、そして先生たちが慌てて駆けつけてきた。

あとは任せたと俺とハロウィーがそそくさとその場を離れようとすると、汚い怒声が響いた。

「までぇええええええ！」

心の中で舌打ちをしながら、俺は振り返る。

最初に意識を取り戻したのは、どうやらリーダー格の男子らしかった。

一番酷くやられたのに、なかなかのタフネスだ。

隣のクラスの先生がほっとする。

「良かった。目が覚めたんですね。森の浅い場所には雑魚魔獣しかいないはずなのですが、どうしてこんな傷を？」

「こいつらぁ！　こいつにやられらんらぁ！」

俺を指さし、歯のグラつく口から血を飛ばしながら、リーダーは叫んだ。

「何を言っているんですか？　ラビ君は君たちをここまで運んでくれたんですよ？」

「らからこいつがオレらを襲ったんらぁ！」

「そうだぁ！」

他の男子たちも起き上がり、次々に口を開き、俺を糾弾してきた。

「オレらが魔獣狩りをしていたらこいつが急に襲ってきたんだ！」

「そうだ！　元貴族だからって威張り散らして、平民の分際でって！」

「オレらが倒した魔獣の素材をよこせって！」

「このゴーレムたちをけしかけてきたんだ！」

よくもまぁそんな嘘八百を並べられるなと思いながら辟易とする。

けれど、何の根拠も無い訴えを、平民科の生徒たちは鵜呑みにしていた。

「マジかよ」

「最低だな」

「これだから貴族は嫌なんだ」

「平民の稼ぎは貴族様のものってか？　ざけんなよ」

「あたしらはあんたの家畜じゃないのよ！」

「先生、こいつ退学にしてください！」

「謝罪しろ！　ここにいる平民全員になぁ！　おい！」

俺の言葉を一言も聞かず、みんな俺を取り囲むようにして距離を詰め、睨みつけてきた。

五人は顔がはれ上がり過ぎて表情がわかりにくいものの、下卑た笑みで勝利を確信しているのは伝わってきた。

「ミスター・ラビ、これはどういうことですか？　どうやら君には、それ相応の罰が必要なようですね」

――まずいな。

神託スキルを発動させ、ウィンドウでイチゴーに尋ねる。

——イチゴー、俺の潔白を証明するにはどうすればいい？
『やまびこスキルをさいせいするー』
——やまびこスキル？　あの録音機能のことか。じゃあ頼む。
『わかったー』
次の瞬間、イチゴーの中から男子たちの声が大音量で聞こえてきた。
『おい！』
自分の声に、リーダー格の男子がびくりと肩を跳ね上げた。
生徒たちの視線も、否応なくイチゴーに集まる。

『テメェさっきはずいぶんチョーシこいてくれたな』
『貴族だからってオレらのことナメてんじゃねぇぞ』
『言っておくけどな、テメェは家を追い出された平民落ちの元貴族なんだよ』
『今はオレらと同じ平民だってこと忘れんなよ』
『いつまでも貴族気分でやっていけると思うなよオラ』

みんなの表情が困惑に固まる。
勝者の笑みを浮かべていた男子たちの表情が、引き攣っていく。
そのまま、録音された男子たちの言葉は続いた。

俺の和平交渉を拒絶し、嘲笑し、脅す。

どちらが正しいかは明らかだった。

みんなが囁き合う。

「なぁ、これ悪いのあいつらじゃない？」

「話が違うじゃないか」

傾く形勢に、五人の男子たちは慌て始めるがイチゴーは止まらない。

ハロウィーへのセクハラに、女子たちが一斉に引いた。

その視線は汚いものを見るような、侮蔑の色に満ちていた。

「嘘だ！　これは捏造だ！」

「そうだ！　ラビの音魔術でオレらの声を作っているんだ」

「それかそのゴーレムの機能なんだ！」

五人の男子は色々わめきながら立ち上がろうとして転倒。

股間を押さえながら地面を這おうとするも、身動きが取れない様子だ。

股間に薬草を塗らなかったのが、こんなところで役立った。

再生が終わった頃には形勢逆転。

流石にこの状況で男子たちの肩を持つような奴はいなかった。

「おい、これどういうことだよ？」

「どう聞いてもお前らが加害者じゃねぇかよ」

「どうやら、君たちには生徒指導室でじっくりと話を聞く必要がありそうですね」

クラスメイトたちから詰め寄られる男子たちは、だけどまだ諦めていなかった。

「ッ、おいおいこんなことで騙されるなんてらしくないぜ！」

「そうだ。さっきから言っているだろ！　これがあいつのゴーレムの能力なんだ！」

「あいつのゴーレムはオウムみたいに声真似ができるんだよ！」

「同じ平民のオレらと、クソ貴族のあいつ、どっちを信じるんだ!?」

「だいたい襲われたならなんであいつら無傷なんだよ!?」

見苦しい言い訳。

だけどそう聞こえていたのは俺だけらしい。

驚きを通り越して呆れたことに、みんなの心は揺らいでいた。

みんな、

「言われてみれば」

とか、

「確かに」

と納得しかけている。

既に俺を悪者扱いして詰め寄った手前、という居心地の悪さもあるのだろう。

振り上げた拳のやり場を見失ったところに、やっぱり俺が悪かったと思える材料が現れて、飛びつきたい気持ちでいっぱいに違いない。

――まずい。このままじゃ学園を退学になりかねない。

だけどそこに、ハロウィーが助け舟を出してくれた。

「ラビは被害者だよ！」

張り上げられた声に、みんなが注目する。

ハロウィーはきゅっと眉を引き締め、毅然と胸を張った。

「わたし、授業の初めにこの人たちから言い寄られていたの！　すごく強引に迫ってきて怖かったんだけど、それをラビが助けてくれたの！」

詰まることなく、滔々と、堂々と喋る彼女の言葉に言わされている印象はまるでなく、誰が聞いても彼女自身の言葉だとわかる説得力があった。

「それでラビと一緒に森で魔獣狩りをしていたら、この人たちがゴーレムちゃんたちが言った通りのことを言ってきたんだよ！　先生、この人たちを衛兵に突き出してください！」

同じ平民の不細工な男子たちと美少女の訴え。

人がどちらに傾くかは明らかだろう。

けれど誰かが言った。

「でもハロウィーって、ラビの仲間じゃん？」

その一言で、傾きかけた天秤が戻ってしまう。

言われてみればその通りではある。

誰か他に証人はいないのか。いるわけもない。

本来ならば物的証拠になるはずの録音データも、この場では意味を成さない。

反論できない俺に対するみんなの視線の温度は、毎秒下がり続ける。

その焦燥感から俺は頭が回らず、ますます窮地に追い詰められた。

そこへ、

「ラビの言うことは本当だよ」

甘い美声の持ち主に視線が集まる。

平民科の一軍スター生徒、長身茶髪の剣士、クラウスだ。

「僕がちょっとチームから離れていた時に見たんだ。助けに入ろうと思ったら、そのゴーレム君たちが大活躍だったよ」

「嘘だ。お前あの時いなかっただろ！」

「今更出ていっても恩を売るみたいで気が引けたんだよ。そっちこそ、僕があの場にいなかったって証明はできるのかい？」

「それは……」

男子たちが言葉に詰まると、みんなの敵意が一気に集まった。

「やっぱお前らが悪いんじゃないか！」

「嘘つき！」

「平民の面汚し！」

クラスメイト全員から責められて、さしもの男子たちも返す言葉が無かった。

五人はすっかりあわあわと動揺し、絶望に歪んだ表情で目をぐるぐるさせていた。

先生たちの手が、男子たちの肩を叩いた。

「どうやら、君たちにはじっくりと話を聞かないといけないようですね」

「学園長にはワタクシから言っておきます」

「では生徒指導室には私が運びます」

「ほら立て！」

五人は泣きわめきながら、先生たちに引きずられるようにして連行されていく。

すると、他の生徒たちはそそくさと俺から逃げるように立ち去った。

さっき、俺のことを悪者扱いしたのでばつが悪いのだろう。

「ありがとうクラウス。本当に助かったよ。何かお礼をさせてくれ」

「じゃあ、お礼に僕の嘘を黙っていてくれないか？」

「嘘って、え？」

「あの状況ならどっちが正しいかは明白だ。僕は残酷な沈黙よりも、正義の嘘が好きなんだ」

クラウスはウィンクを残して立ち去った。

あれは男でも惚れる。

「いい奴だな。それと、ハロウィーもかばってくれてありがとうな」

俺が感謝すると、ハロウィーは照れ笑いを浮かべて首を横に振った。

「気にしないで。あのままだと、わたしだって加害者扱いされるところだったし、ね」

相変わらずあくまで謙虚を貫く彼女の在り方に心地よさを感じて、満たされる。

「それと、イチゴーたちもありがとうな」

五人の頭をなでてやると、みんな両手をぴょこぴょこと動かして喜びを表してくれた。

ニゴーだけ動きがちょっと控えめなことに個性を感じた。

でもこっそりメッセージウィンドウが更新された。

『ほめてくれた。ますたーすき』

ニゴーも存外甘えん坊だ。可愛い。

イチゴーやハロウィー、それにクラウスみたいな人がいれば、平民科でもやっていけそうだ。

スキルが原因で貴族を追放された俺だけど、未来に希望を感じた。

◆

「では続いて、チーム分けについて説明をしましょう」

翌日の教室にて、朝のホームルームをしていると、先生が咳(せき)ばらいをした。

「王立学園では、高等部一年生の間に生徒同士でチームを組んでもらいます。平民科の皆さんは卒業後、多くの人が魔獣狩りで生計を立てる冒険者になると思います。たった一人で魔獣を倒せるのはごく一部。ほとんどの人はチームを組み、仲間と協力して魔獣を倒します」

俺ら一人一人の顔を見回しながら、先生は続けた。

「そのため、チームを組むことは将来の為にもとても大切なことです。冒険者には王立学園時代のチームのまま活動している人も少なくありません」

そう言って、念を押すように語気を強める。

「なのでここでのチーム編成にはよく頭を使って慎重に行ってください。貴族と違い人脈の無い君たちにとっては、今が最大のチャンスなのですから」

言葉は厭味だけど、一部の生徒は隣近所と目配せをする。

きっと、友達と将来一緒に冒険者をする自分を想像したのだろう。

あるいは、こいつとずっと一緒で大丈夫か、という不安か。

「これまでは色々な生徒と仮チームを組み、自分の特性や相性を確認してもらいました。ですが高等部からは正式なチームを組み、学園に申請してもらいます。以降、学園のあらゆる活動、行事はこのチーム単位で行います」

それは俺も知っている。

だから、俺は優秀な仲間とチームを組んで大きな功績を挙げなくてはいけない。

そうでないと、貴族への復帰なんて夢のまた夢だ。

第一候補は、何と言ってもハロウィーだろう。

彼女の狙撃能力は魅力的だ。

何よりも、イチゴーたちを可愛がってくれるのが高ポイントだ。

いくら優秀でも、イチゴーたちをないがしろにするような空気の悪いチームは困る。

「チームにクラスの垣根はありません。同じ平民科の他クラスの生徒とチームを組んでも問題ありません。むしろ、進級時のクラス替えはこのチームごとに行いますので。二年生は同じチームの生徒と必ずクラスメイトになります。これは三年生まで変わりません」

――ん？

先生の説明に、妙なひっかかりを覚えた。

同じ平民科の他クラスの生徒。

二年生は同じチームの生徒と必ずクラスメイトになります。

――ということは……。

ホームルームが終わると、みんなは一限目の授業の教科書を取り出した。

一方で、俺は退室しようとする先生の背中を追った。

「すいません先生」

「なんですかミスター・ラビ？」

「あの、同じ平民科の、ということは、貴族科の生徒とは向こうがいいと言ってもチームを組めないんですか？」

「ええ、そうですよ」

当然とばかりに、先生は頷いた。

やっぱりと、嫌な予感に喉のつまりを覚えながら、俺は質問を続けた。

「……例えばの話なんですけど、一年生でチームを組んでから、俺みたいに科が変わった場合、どうなるんですか？」

「その場合、科は変わりません。あくまでチームが優先されます」

「ッ」

俺の動揺から考えを汲み取ったのだろう。

先生はきびきびと答えた。

「仮にミスター・ラビが貴族に復帰するような手柄を立てても、その時点でチームを組んでいれば、三年間は平民科で授業を受けてもらいます。お父様とは、その点についてもよく話し合ったほうがいいでしょう」

それだけ言って、先生は俺に背を向けた。

残された俺は、ざわざわと冷たい感覚が足元から上ってくるような悪寒に襲われていた。

無理だ。

父さんは世間体と貴族の矜持に人一倍うるさい人だ。

息子の俺が魔獣型ゴーレム使いになっただけで追放処分にしたのが、いい例だ。

貴族でありながら平民科で授業を受ける、そんなことを許すはずがない。

最終学歴として平民科を卒業した俺を、あの人が復帰させるとは思えない。

つまり、俺が貴族に復帰するにはチームを組む前に、一人で貴族に復帰するような手柄を立てる必要がある。

まさか、俺が貴族に復帰するために仮チームを組んでくれ、なんて図々し過ぎて言えるわけもない。

相手に失礼過ぎる。

脳裏に、ハロウィーの笑顔が浮かぶ。

彼女とは互いに助け合う関係を築けると思った。

だけど、これじゃぁ俺が一方的に利用するだけだ。

――……仕方ない。ハロウィーとのチームアップは諦めよう。

ハロウィーとチームを組んだら、俺は貴族に戻れない。

チームを組まずに仮チームで一年生の間に功績を挙げて貴族に復帰したらさようなら、なんてハロウィーに悪い。

――いや、そもそもハロウィーが俺とチームを組んでくれるかもわからないか。

何を勝手に選ぶ側を気取っているんだと、自分を叱咤(しった)した。

とにかく、こうなったら予定変更だ。

戦闘面ではなく、再構築スキルを使えるようにして、現代商品を売りまくって荒稼ぎをして、その資金をバックに父さんに貴族復帰を願い出よう。

金で身分を買うなんて汚く見えるけど背に腹は代えられない。

そう決めるや否や、俺は自分の席でウィンドウを開いた。

今日もイチゴーたちは森に魔獣狩りに出かけてくれている。

おかげで、定期的にリザルト画面が開いて、ストレージに新しい素材が大量に入っていることが確認できる。

けれど、【！】マークのついている素材は無い。

それでも一縷の望みを託して、見たことのない素材を手当たり次第にイチゴーに配合していく。

だけど、再構築スキルは相変わらずグレーアウトしたまま、押すことができない。

――駄目か。よし、放課後は俺も森に行って探索だ。

実質ＡＩチャットの神託スキルは、電波を操るコウモリ型魔獣の素材で使えるようになった。

なら、実質３Ｄプリンタの再構築スキルも、何か関連した魔獣の素材で使えるようになるはずだ。

そのあたりを念頭に、徹底的に探索しようと小さくガッツポーズを作った。

◆

放課後。

他の生徒たちが遊びに出かける中、俺は独り、校舎裏の森を訪れていた。

狙いはもちろん、再構築スキルを使えるようにするための素材集めだ。

少し待っていると、視界にメッセージウィンドウが表示された。

左に並ぶイチゴーたちの顔アイコンと、その右に記載された過去ログ。

それがぽこん、と可愛い音を立てて上にズレた。

『わーい、ますたー』

木々が鬱蒼としている森の茂みをかき分けて、ちょこちょことイチゴーたちが姿を見せた。

『あるじどの、われ、すいさん』

『いっしょなのだー』

『ひとかりいくっす♪』

『ゴゴーとたんけんなのです』

「みんなお疲れ様。ここからは俺も一緒に探索するぞ」

『するー』

イチゴーたちは両手を挙げたバンザイポーズで喜びを表現。

人一倍甘えん坊なゴゴーは俺の足にしがみついて体をすりすりしてくる。かわいい。

「じゃあみんな、今日の目的は再構築スキルを使えるようにするための素材だ。一応聞くけど、AIチャットスキル、じゃない神託スキルでわかったりしないか？」

『しらなーい。このせかいにないちしきはむりー』

「だよなー」

メッセージウィンドウの返信に、ちょっと息を漏らした。

イチゴーの神託スキルは、この世界に知識として存在していることしかわからない。

そこは、令和日本のAIチャットと同じだ。

あれも、あくまでネットの情報を元に質問に答えてくれるものだった。

ネット上に無い知識は、聞いてもわからないと言われてしまう。

俺は首をひねった。

「一応、休み時間の間に色々考えてみたんだけど、ピンと来るものがないんだよなぁ。そもそも再構築スキルってどんな形状のモノでも作る能力だろ？　だけど魔獣は人間と違って物作りそのものをしないからな」

さっきの今だけど、またイチゴーに頼ってみる。

「なぁ、せめて予想できないか？」

『うーん、すをつくるのがじょうずなまじゅうかなぁ』

「魔獣で物作りってなるとそうなるか。じゃあ一番近いのはハチかな」

ハチは自然物を蜜蠟(みつろう)で固めて巣を作り、エサの虫を加工して幼虫に与える。花の蜜を加工して蜂蜜も作る、自然界の職人だ。

巨大な巣を作る、という点からアリも考えたけど、ちょっとハチの下位互換っぽい。

自分自身がどんな形状にでもなれる、という意味でスライム系も考えたものの、スライムの素材はもうできるだけ配合済みだ。

「そういえばハチ型魔獣って見たことないけど、この森にいるのか？」

『いるよー』

「それはわかるんだな？」

『わかるー』

考えてみれば、校舎裏の森なら棲息(せいそく)している魔獣の資料ぐらい、学園にあるだろう。卒業生だって、森の生態系に詳しい人はいる。

十分、この世界にある知識に該当する。

「じゃあもしかしてハチ型魔獣の生息場所もわかるのか?」

『わかるー、こっちー』

まるで幼児が親に宝物を見せたがるようなテンションにくすりとさせられる。

小さな足でよちよちと歩くイチゴー。

その後を、他のメンバーが追いかけていく。

こうして小さなゴーレムたちのうしろを歩いていると、なんだか保育士さんにでもなった気分だ。

もっとも、実際にお世話をされているのは俺のほうなんだけど。

体感で一時間は歩いただろうか。

森全体ではまだまだ浅いほうだけど、一応、一年生としては奥のほうに行った部類だろう。

気持ち、森の中に自生する花の量が多くなってきた気がする。

それと、さっきから花型魔獣のアルラウネに遭遇する。

もちろん、全部イチゴーたちが倒してくれた。

今まで会っていない魔獣に遭遇することから、まだこの辺は未踏破エリアだとわかる。

「結構歩いたな。そろそろハチさんに出てきて欲しいんだけど……」

『このへんのはずー』

「はずって、詳しい場所はわからないのか?」

『わかんなーい』

首の代わりにまぁるい体全体を左右に振るイチゴー。

――ＡＩチャットといっても、さすがにレーダーじゃないか……。

そこは、今後に期待だ。

いずれ、ＡＩマップ、みたいなスキルが解放されたらいいなと思う。

俺が未来に希望をかけていると、木の陰から獣道に、アルラウネが顔を出した。

背の高さは幼稚園児くらい。

球根のように丸い体から巨大な花を咲かせ、植物のツルの手と根の足を持つ。

ぱっと見の印象は、陸生イソギンチャクだ。

「またアルラウネか。ニゴーさん、やっておしまい」

どこかの国民的世直しドラマの真似をしながら指示を出すと、ニゴーはノリノリで駆け出してくれた。

けれどコンマ一秒後、大型犬サイズの何かが飛来して、アルラウネを連れ去った。

黒と黄色を基調とした体色。

鋭利な六本の足。

コンドルのように巨大でありハチドリのように高速で動く翅(はね)。

丸太も切断しそうな印象を受ける、巨大ペンチのようなオオアゴ。

ハチ型魔獣の、マーダー・ホーネットだ。

反射的に膝を折り、見上げるようにして捕捉したのは、前世の知識だ。

ハチは目の構造上、視線が上向きなので姿勢を低くすると見つかりにくくなる。

「追うぞ」

『おうー』

イチゴーたちがちょこちょこぴょこぴょこと俺のうしろについてくる。

木々の間を走り抜け、倒木を飛び越え、坂を駆け上がると、目を見張った。

視線の先には、樹齢千年はありそうな大木がそびえていた。

直径八メートル以上はあるだろう。

幹のあちこちに大穴が開いていて、そこからマーダー・ホーネットが出入りしている。

「いや、違う」

巨木だと思っていたソレは、木ではなかった。

目を凝らせば、それが無数の木片を重ね合わせた構造物だとわかる。

今も、新しいマーダー・ホーネットが口から蜜蠟という粘液を吐き出し、そこに別の個体がくわえた木片を張り付けている。

これだけの巨大構造物を作り出す森の建築家。

これは、否(いや)が応(おう)でも期待が高まる。

こいつらの素材なら、再構築スキルを使えるようになるかもしれない。

――さて、どうするか。

木の陰に身を隠しながら、俺は頭をひねった。

素材が欲しいだけなら、群れから離れた個体を狙い討つか。

少なくとも、無数の軍勢相手にイチゴーたちだけで戦うのは無謀過ぎる。

その時、ちょいちょいと誰かに肘をつかれ、視線を下げた。

「どうしたニゴー？」

『ゴゴーがいってしまった』

「へ？　あ!?」

顔を上げると、無邪気で好奇心旺盛な背中がみるみる遠ざかっていく。

欲望のままに突き進むゴゴーに、俺は全速力で命令を出した。

――ゴゴー、すぐに戻ってくるんだ！

スキルで俺の命令を受けたゴゴーは、ちらりと振り返った。

そして戻るべきか悩み、チラチラとハチの巣と俺を見比べている。

ゴーレムなのに子供のように指示を聞かない。

自律型だからこその行動は、決してゴゴーたちが道具ではなく、きちんと人格と自我のある個人である証明で嬉（うれ）しい半面、デメリットでもある。

さんざん悩んでから、ようやくゴゴーはこちらに戻ろうとして、コロンとコケた。

その頭上で、マーダー・ホーネットが尻を振っていた。

ハチのダンス。

巣の味方に敵や獲物の場所を教える死の舞踏だ。

――ゴゴォオオオオオオオオオオ！

心の中で絶叫しながら俺はみんなに指示を飛ばした。

「こうなったら作戦変更だ！　全員、ゴゴーを救出するんだ！」

イチゴーたちがわらわらと駆け出す中、ただ一人、ヨンゴーだけが立ち止まって振り返った。

『ところでますたー。ゴゴーをきゅうしゅつするのはいいが、あいつらをたおしてしまってもかまわないっすか？』

「え？　お前そんな英霊並みにカッコイイ台詞どこで覚えたんだ？」

俺の返事も聞かず、ヨンゴーは駆け出した。

情けない話だけど、俺は木の陰に隠れながら、みんなの無事を祈った。

巣の中から出てくる無数のマーダー・ホーネット。

対するこちらはゴゴーを含めて五人。

けれど、戦力差は数だけでは決まらない。

「おぉー」

イチゴーの拳が、マーダー・ホーネットの甲殻を砕いた。

ニゴーのラリアットが、マーダー・ホーネットのオオアゴを払い飛ばした。

サンゴーのボディプレスが、マーダー・ホーネットを地面に叩き落とした。

ヨンゴーにマーダー・ホーネットの針が直撃するも、逆に針のほうが曲がった。

数とはうらはらに、かなり善戦している。

むしろ、楽勝ムードすら漂っていた。

俺の装備品扱いであるゴーレムにはレベルが無いからわかりにくいけど、みんなのスペックは俺よりも高い。

特に、レア素材を集中しているイチゴーは、王立学園高等部一年生のスペックを明らかに超えている。

——ハチも結構強いはずだけど、この分なら勝てそうだな。

淡い期待に俺が胸を躍らせた時、ゴゴーが華麗に空を飛んだ。

背中には、マーダー・ホーネットが張り付いている。

「いやさらわれている!?」

『そうなのだぁ』

サンゴーがのんびりと同意しながら、見上げている。

——こいつもマイペースだな。

と思ったけど足元にはマーダー・ホーネットの死体が転がっている。

——やることはやっているんだな。

『わーい、とんでるー』

呑気(のんき)に喜ぶゴゴーを助けるため、ヨンゴーが動いた。

『ニゴー、じぶんをふみだいにするっす』

『りょうかい』

ヨンゴーがジャンプ。

さらにニゴーが大ジャンプして、ヨンゴーの頭を踏み台にして二段ジャンプ。

マーダー・ホーネットの背中に飛び乗ると、左右の複眼を叩き潰した。

「■■」

声に代わってギチギチという甲殻が軋む音と羽音を鳴らして墜落。

ゴゴーも地面にぽてんと落ちた。

『ゴゴーだいじょうぶー？』

『たのしかったー』

イチゴーとゴゴーが、ぽよんとお腹を打ち合わせた。緊張感が無いにも程がある。

その間も、ニゴーはまさに一騎当千、獅子奮迅の働きでマーダー・ホーネットたちを駆逐していた。

ただし、数体倒すごとに俺のことをチラ見してくる。

まるで、運動会で親の目を気にする子供のようだ。かわいい。

『ふふふ、さすがはニゴー。あっとうてきじゃないか、わがぐんはっす』

ヨンゴーは全身をかじられていた。

ヨンゴーに群がるマーダー・ホーネットを、サンゴーがどつきまわす。

――いやヨンゴー、お前も同じスペックだろ。

などと俺がツッコむ間にも、リザルト画面が止まらない。

マーダー・ホーネットは絶命した個体から順に俺のストレージに入るので、現場は実に綺麗なものだった。

それでも、ストレージの素材量を確認すれば、討伐数は一目瞭然だ。

イチゴーたちだけで、もう一〇〇体以上のマーダー・ホーネットを駆逐している。

おかげで、俺のレベルも一つ上がった。

「なんか楽勝ペースだな」

それがフラグだったのか、俺が緊張の糸を緩めた瞬間、巣がざわめいた。

みしみしと音を鳴らしながら、中で何かが這いずるような、不気味な音が漏れ出てくる。

それでまさかと、俺は最悪の事態を想定した。

マーダー・ホーネットはハチ型魔獣だ。

その生態は、ハチに限りなく酷似している。

イチゴーたちが倒しているのは働きバチ。

ならいるはずだ。

こいつら全員を統率している、こいつらの何倍も大きなクイーンが。

「■■■■■！」

巣穴を引き裂くように木片が飛び散った。

中から現れたのは、大型犬どころかクマのように巨大なハチ型の魔獣だった。

六本の足の先には五指を思わせるような鋭利なカギヅメが輝き、四枚の翅を左右に広げる姿は悪魔を彷彿（ほうふつ）とさせた。

クイーンが巣立ち、弾丸のように飛んできた。

巨大なアゴが地面を穿（うが）ち、轟音（ごうおん）と共に土砂を撥（は）ね上げる。

間一髪、難を逃れたイチゴーたちが、ころころと地面を転がった。

「ッ」

反射的に木の陰から飛び出そうとして、踏みとどまる。

——俺に何ができる?

俺の役割は前線で戦うことじゃない。

俺はその場の状況を分析して、イチゴーたちに出すべき指示を模索した。

クイーンは地面から顔を引き抜き、兵隊たちを駆逐した憎き外敵を睨みつけた。

一切の感情を排した、昆虫の複眼故の威圧感に、俺は心臓が固く締め付けられるような感覚を味わった。

『ひかない』

ニゴーが果敢に立ち向かい、拳を振るった。

けれど、クイーンは避けるどころか、むしろ頭を突き出してきた。

ニゴーの拳がクイーンの額にクリティカルヒット。

なのに、クイーンは微動だにせずニゴーの体が浮かされた。

『ばかな』

クイーンが前足を振り下ろした。

カギヅメがニゴーを弾き飛ばす。

ニゴーは着地もできずに地面を二度跳ねてから止まるも、その体に五本の削り跡が刻まれていた。

「ニゴー！」

『ふかく』

『みんな、ますたーをまもるよ』

声を出してしまったせいだろう。

俺の存在に気づいたクイーンの視線がこちらを捉えた。

それをさせまいと、イチゴーたちは横一列になって立ちふさがる。

なんてけなげな子たちだろう。

イチゴーたちの献身が俺の頭を冷やし、冷静になれた。

――一対一じゃ勝てない。多人数の利を活かせ。それにハチの弱点は……よし！

俺は慌てず的確に素早く作戦を完成させて声を張り上げた。

「円陣を組んでクイーンを囲め！　全方位から一斉に飛び掛かるんだ！」

『わかったー』

イチゴーたちは横一列をやめて、ぐるりとクイーンを取り囲むや否や、同時に飛び掛かった。

案の定、六本の足とオオアゴが三人のゴーレムを弾き飛ばす。

それでも背後の二人はクイーンの背中に張り付けた。

「二人で同じ翅を攻撃だ！」

虫の弱点である薄くて脆い翅に、二人がかりで攻撃する。

たまらず、クイーンは体を揺すって振り落とそうとするもゴーレムたちは離れない。

前足は空をかくばかりだった。

当然だが、ほとんどの昆虫の足は背中には届かない。

そして背中に気を取られている間に、ヨンゴーがサンゴーを持ち上げた。

『くらうっす！　サンゴーロケット！』

『なのだぁ』

ヨンゴーがサンゴーをぶん投げた。

サンゴーは丸い体をさらに丸めて文字通り、ロケット弾となりクイーンの顔面、それも右の複眼に直撃した。

「■■！」

たまらずクイーンはよろめき、高度ががくんと落ちた。

その隙を見逃さず、弾かれた三人がクイーンに襲い掛かる。

仕方なく、クイーンは羽ばたき空へ逃げようとするも無理だった。

四枚の翅のうちの一枚に二人のゴーレムが攻撃している。

まともに動かせず高度が上がらない。

その間に三人のゴーレムが一人、また一人と背中によじ登り、ついにクイーンは墜落。

五人のゴーレムがクイーンの背中をメッタ打ちにしていく。

ここまで来れば、あとは単なる消化試合だ。

地面でもがくクイーンの反応が徐々に弱くなり、やがて動かなくなり、ついには消滅。

ストレージにクイーンの素材が入った。

「よっしゃぁ！」

思わず、俺はガッツポーズを取っていた。

イチゴーたちも、くるくるころころと可愛く勝利のダンスを踊っている。

その姿は、レトロゲームのボス戦後を思わせてくれた。

「みんなよくやったぞ！　そうだニゴー。確かケガしたんだよな？」

慌ててニゴーを捜すと、ニゴーは平然と胸を張った。

『けいしょう』

「それでもケガはケガだろ？」

俺はゴーレム生成スキルで、ニゴーのボディを生成しなおした。

神託スキルやストレージスキルとは違い、ゴーレム生成スキルには魔力を使う。

生成と同じで復元にも結構な魔力を使うけれど惜しくはない。

『かんしゃ』

誇らしげに復元された体をみんなに見せつけるニゴーの姿に胸をなで下ろしてから、俺はマーダー・ホーネットの巣に近づいた。

せっかくなので、巣をまるごとストレージに入れておく。

すると、大量の蜂蜜が手に入った。

きっと、アルラウネから搾り取ったものだろう。

生前のネット情報だけど、花の蜜と蜂蜜は別物らしい。

ハチが花の蜜を吸い、体内の酵素を加えて吐き出したものが蜂蜜とのこと。

さっそく、ストレージからちょっとだけ手に取りなめてみると、極上の甘味だった。

——これはこれで高く売れそうだな。でも今は。

手に入れた素材一覧をあらためて確認した。

そして落胆する。

新スキルを使用可能にする素材である証（あかし）の【！】マークがついていない。

どうやら、マーダー・ホーネットは再構築スキルに必要な素材ではなかったようだ。

自然と肩が落ちた。

「空振りかぁ……」

神託スキルの性能では、巣作りが上手な魔獣以上のことはわからない。

ハチがダメなら、一体何が正解なのか、首をひねって悩んだ。

——待てよ。そもそも都合よくこんな近場に素材が揃（そろ）っているかどうかもわからないよな。

もしかして派生スキルを全て使用可能にするには、世界中を旅して回らないといけないのか。

そんな予感にますます気が重くなってうつむいた。

視界を下げたおかげで、イチゴーたちの格好に気が付いた。

みんな、今の戦いで土砂まみれ、草まみれだ。

体の色もあいまって、泥遊びをしたねずみのようだ。

「一度体を洗うか。イチゴー、一番近くの水場まで案内してくれ」

『わかったー』

イチゴーを先頭に、ニゴーたちもちょこちょこと後を追った。

さらにそのうしろを、俺がすたすたとついていく。

こうしていると、まるで海へ遊びに行く子供たちの保護者気分だ。


しばらく歩いて、イチゴーが案内してくれたのは大きな川だった。

川幅は広いけれど底は浅くて、流れもゆるやかだ。

これなら、足を取られておぼれることもないだろう。

「よしみんな、川に入れ」

『わーい』

俺が靴と靴下をストレージにしまい、ズボンのすそを上げている間に、イチゴーたちは次々川に飛び込んでいく。

そして、足を上げた子はぷかぷかと浮かび始める。

「お前らって水より比重軽いんだな」

太鼓のように太くて丸い体なのに体重は赤ちゃん並みなら当然かと、納得する。

裸足（はだし）になってから、俺は遅れて入水。

春の水温は適温だけど、森の中を歩き回って熱を帯びた体にはひんやりと感じられて、気持ち良かった。

それから、イチゴーたちの体を手で洗い始めた。

イチゴーやゴゴーのような甘えん坊、ニゴーのような隠れ甘えん坊は俺の前に整列して、おりこうに順番待ちをする。

一方で、ヨンゴーのようなやんちゃは、ばしゃばしゃと水飛沫（みずしぶき）を上げて遊んでいた。

『どんぶらこなのだー』

洗い終わったサンゴーがくるくると回りながら川に流され遊び始める。

「そのまま川下まで流されるなよ」

と注意をしてから、俺はヨンゴーを洗い始める。

「あれ？　これ落ちないな」

『ハチにぶっかけられてベトベトっす』

「あ〜、蜜蠟か。イチゴー、蜜蠟を落とす方法ってあるか？」

神託スキルで尋ねると、イチゴーは即答してくれた。

『ストレージにしまえばだいじょうぶー』

「え？」

ストレージスキルを発動させると、ヨンゴーの汚れが余さず消えた。

続けて、他のみんなの汚れを範囲指定すると、みんなぴかぴかになった。

「あぁ～～～～」

盲点過ぎる結論に、俺は肩を落とした。

何をごしごしと頑張っていたんだかと、情けなくなる。

けどすぐに気を取り直した。

つまり、これでもう掃除や洗濯には苦労しなくて済むということだ。

貴族科の寮にはメイドさんたちがいて、掃除や洗濯は全て彼女たちがやってくれていた。

一方で、俺の暮らす平民寮は全て自分でやらなくてはいけない。

でも、その心配はいらなさそうだ。

それがわかっただけでも収穫だ。

それに。

「…………」

バシャバシャと水遊びに興じるイチゴーたちの姿に、自然と頬がゆるんだ。

――みんな、楽しそうだしな。

汚れをストレージ送りにして、はいおしまいでは時間短縮になるけど味気ない。

温かいお風呂には入りたいのが人情だ。

これからも、俺は時々イチゴーたちを水やお湯で手洗いしてあげたいと思う。

「じゃあみんな、綺麗になったところで、未踏破エリアを散策だ。もっと新素材を見つけよう」

メッセージウィンドウにニゴーの顔アイコンが映る。

『ねらいはありますか?』

「ないな。とりあえず何か作る魔獣がいればとは思うけど、そんな奴そうそういないし」

『ゴゴーもつくれるのです』

「へ?」

首を回すと、ゴゴーが川べりの平たい岩を机代わりに、何かをこねていた。

「それってもしかして粘土か? どこにあった?」

『そのへんにたくさんあるのです』

ゴゴーに言われて得心した。

「そういえば粘土質の土って川とかに堆積するんだったな」

俺が理科の授業を思い出す間にも、ゴゴーは粘土をこねこねもにもに、指の無い丸い手で器用に何かをねっていく。

『できたのです』

岩の上には、一つの人型と、五つのお饅頭(まんじゅう)みたいなもの。

『なんだ? ヒトデとボールか?』

『ちがうのです!』

ニゴーの反応に、ゴゴーがちょっとスネた。
ぽこぽこと叩かれ、ニゴーは慌てる。
一方で、俺はゴゴーの気持ちになって考えてみた。
「これって、俺たち？」
『そうなのです♪』
流石マスターとばかりに、ゴゴーは機嫌を直して俺の膝に甘えてきた。
無表情だけど、ニゴーはちょっと安心しながら反省しているように見える。
——まじめでいいこだなぁ。
『イチゴーはますたーにけんをもたせるー』
『ならわれはさやをつけるのだ』
イチゴーとニゴーも粘土遊びに参加。
ゴゴーの作った俺に剣や鞘(さや)を追加していく。
その姿は幼稚園児そのもので、なんともほっこりとした気分になる。
いつまでも見ていたい。
『じぶんはますたーにツノとツバサをさずけるっす』
「それはやめろ」
ヨンゴーにツッコミを入れると、水の音に意識を引かれた。
川のせせらぎではない。

バシャリという大きな水の跳ねる音だ。

首を回すと、大型犬のようなサイズの青いネズミが魚をくわえて川から上がるところだった。

オレンジ色の長い前歯と、ダイバーが足につけるフィンのようなしっぽが特徴的で、つい目を引かれた。

この異世界に十五年暮らした俺の知識には無い魔獣だ。

けれど、前世の俺は、あれを知っている。

少しマイナーな動物だけど、あれは確か。

「ビーバー型の魔獣か」

ビーバーとは、半水棲(はんすいせい)の哺乳類で、ネズミのような前歯で木を噛(か)み削り倒して巣を作る動物だ。

前に動物番組で、人間以外で唯一環境を変える生物と紹介されていた。

多くの木を倒し、川にダムを作り、水の流れをゆるやかにする。

そうして自分たちの住みやすい川に作り替えて巣を作るのだ。

その生態は、さながら森の大工といった風情だ。

前歯がオレンジ色なのは歯に大量に含まれている鉄分が酸化しているかららしい。体に天然の大工道具を持つ生物など、ビーバーぐらいのものだろう。

――そうか、こんなに川幅が広いのに流れがゆっくりなのは、あいつがいるからか。

おそらく、川上へ行けばあの魔獣が作ったであろうダムが拝めるだろう。

――待てよ。

そこで、俺は閃くものがあった。

森の大工。

木を加工してダムや巣を作る。

もしやと思った俺は、すぐに叫んだ。

「みんな、あいつを逃がすな！　ストレージ送りにするんだ！」

『わかったー』

イチゴーたちは川から上がり、ビーバーへ襲い掛かる。

多対一の光景はちょっとイジメに見えなくもなかったけれど、今はそんなことを気にしている時ではない。

一分と経たずにビーバー型魔獣はストレージ送りになり、素材が手に入った。

すかさずウィンドウを開いて、配合を選択。

そして俺は目を見張った。

「ビンゴ！」


ブルー・ビーバーの前歯×1！


魔獣の素材に【！】マークがついている。

気持ちを前のめりにして画面を操作。

素材をイチゴーに配合すると、新たなダイアログが表示された。

『再構築スキルが使えるようになりました』


我知らず、俺はガッツポーズを取っていた。

川から上がりながら足の汚れと水気をストレージに送りつつ、ストレージから出した靴下と靴を履いた。

ストレージ一覧の中で、魔法石に視線を留めた。

イチゴーたちが男子たちをシバキ倒していた時にゴゴーが見つけてきたアレだ。

そして、腰から剣を抜いてイチゴーに指示を出す。

「イチゴー、俺の剣と炎石を使って、魔法アイテムを作れるか?」

『つくれるよー、ほのおのけんだねー』

ウィンドウに、俺の剣の写真が表示された。一見同じなようで、剣身の根元に炎石がはめ込まれている。

「よし、プリント開始だ」

俺がスキルを発動させると、イチゴーがえいっとばかりに謎のポーズをした。かわいい。

俺の手から剣が、ストレージ内から炎石の在庫が一つ消えた。

代わりに、剣の鞘が青いポリゴンに覆われた。

ポリゴンが消えた時、空っぽだった鞘には新しい剣が収められていた。

剣身の根元に赤い炎石がはめ込まれたそれを引き抜くと、少し魔力を流し込んでみる。

途端に、剣身の根元から剣尖(けんせん)にかけて、ボゥと炎が奔(はし)った。

「おぉ！」

仮にも伯爵家育ちの俺は、魔法効果を持った道具、魔法アイテムには慣れている。

だけど、自分の手でそれを生み出したというのがちょっと感動だった。

なんというか、中学校の技術の時間で初めて本格的な工作に成功した時のような満足感がある。

「……」

そして作れば、使ってみたくなるのが人の心だ。

俺はヒートソードと命名した剣を手に、近くの枝葉を見上げた。

「よっ」

剣を上段に振り上げてから跳躍。

頭上の枝を切り払った。

切断時の摩擦、抵抗感は最小限で、まるでカッターで紙を切っているようだった。

焦げ臭い匂いと白煙を上げて、ぽとりと枝が落ちた。

手に取ってみると、切断面は黒くなっていた。一部、タバコのようにオレンジ色の炎を灯(とも)しているけれど、すぐに消えた。

剣が持つ切れ味に加えて、対象を加熱して焼き切る効果が付与されているようだ。

あまりの性能に、思わず息を呑んだ。

——凄い。熟練の錬金術師や鍛冶職人でないと作れない魔法アイテムをこんな一瞬で作っちまった。

だけど、本当に俺が作りたいのはこれじゃない。

再構築スキルに期待するのは、もっと別のものだ。

「イチゴー、これから俺の指定したものを再構築スキルで作ってくれ」

『わかったー』

俺は、ストレージ内の木と土から、生前俺の家にあった現代的で上質な家具を想像した。

すると、ウィンドウの中に３Ｄモデルが表示された。

「よし、プリント開始だ」

俺がスキルを発動させると、イチゴーがまた、えいっとばかりに謎のポーズをした。やっぱりかわいい。

すると、俺がゴーレムを生成するのと同じように、地面から青いポリゴンが五つ出現。消失したあとには、椅子、テーブル、チェスト、ベッド、机が残っていた。

「よし、思った通りだ」

ガッツポーズを両手で作った。

これは凄い。

これなら令和の商品を無限生成して億万長者も夢じゃない。

と、思いかけてかぶりを振った。

現代知識無双系は異世界転生のあるあるだけど、現実は違う。

実際、それをネタにした作品もある。

便利で凄い＝売れる、ではない。

どれだけ凄くても見慣れない怪しい商品を、人は欲しいと思わない。

実際、かのエジソンも電球を発明した時に売れなくて苦労したと動画サイトで見た。

電気が無く、照明＝火の社会に、いきなりガラス玉を見せてこれが光るんですと言ったところで
一般人には理解されなかった。

蒸気機関車も、馬も無く勝手に走る車を怪しみ、最初は利用者が少なかったらしい。

とある漫画で言っていた。

人はいい商品ではなく、みんなが持っている商品を欲しがる。

つまりはそういうことだ。

まして俺は元貴族の平民。信用が無い。

仮に現代商品を売るにしても、それは俺が有名になり社会的信用を勝ち得てからだ。

それに……。

「イチゴー、スマホを作ってくれ」

『むりー』

メッセージウィンドウにはエラー文で『レベルが足りません』とある。

再構築スキルは、レベルと素材に応じて何でも作れる、だ。

レベルに応じて、というだけあり、十一レベルの俺では、複雑な電子機器は作れないらしい。

——魔法石からヒートソードみたいな魔法アイテムを作って売ればお金にはなるけど、父さんが貴族への復帰を認めてくれるほどの大金を稼げるかはわからない……。

「精密機械ほど複雑じゃなくて、この世界の人たちが知っていて、3Dプリンタの強みを活かせるもの……イチゴー、再構築スキルで作れるジャンルを一覧にしてくれ」

俺の言葉で神託スキルが起動。

ウィンドウに表示されたイチゴーの顔アイコンの下に、写真と名前が表示されていく。

剣、槍(やり)、包丁、ボウル、椅子、机、万年筆、あらゆる種類のあらゆる品々が一覧になり、ゆっくりと下にスクロールしていく。

中には傷を治す回復のポーションや、一時的に身体能力を上げるバフポーションなんかもある。

原料は、森で採取した薬草だろう。

その中で、俺はとある写真に目をつけた。

「家か……うん」

一人得心して頷いた。

「家なら世界中誰でも必要だし、クオリティは一目でわかる。外国では三〇〇万円で一軒家を一日で作るって言うし3Dプリンタの本領発揮だ」

例えば、民衆の前で更地に一軒家を一日で作ってみせてから、自由に内見させる。

金貨三〇枚で一軒家を一日で建てます。

注文が殺到するに違いない。

一日一軒のペースで作れば、年商約金貨一万枚。日本なら年商十億円だ。

そんなに稼げるなら、無理に貴族に戻らなくても大商人として生きていけるのではと考えて、すぐに肩を落とした。

――いや、やっぱり貴族の肩書はいるよな。

いくら金を持っていても、商人は貴族に逆らえない。

無名の新人商人をやっかんだ大商人から賄賂を受け取った貴族が、罪をでっちあげて俺を潰す、なんて造作もないだろう。

そうでなくても、いつか貴族の機嫌を損ねてギロチン台送り、なんてのも考えられる。

――やっぱり、なんとかして貴族に戻らないと……？

ふと、イチゴーたちに違和感を覚えた。

「いち、にー、さん……おい、サンゴーはどうした？」

さっき、川に流されて遊んでいるのを最後に、見ていない。

『えっとねー……ながされちゃった』

「えぇ!?　あいつあのまま流され続けているのか!?」

『うんー、それでねー、いまれんらくがきたよー』

「そういやお前ら同士は連絡取れるのか？」

イチゴーを除き、俺のメッセージウィンドウは、離れ過ぎると圏外になってしまう。

『いまハロウィーとハイエナといっしょだって』

「なんだ、ハロウィーも森にいたのか？　ハイエナってクラスメイトか？」

『わからないけどよんほんあしでつめときばがするどいんだって』

「……いやそれ魔獣だろ!?　場所はどこだ!?」

思わず素っ頓狂な声を上げてしまう。

俺の緊迫した声に、イチゴーは素早く反応してくれた。

『こっちー』

イチゴーは短い脚を超高速で動かしながら川岸を疾走した。

緊急事態なのに、イチゴーの動きのせいで緊張感がやわらいでしまう。


全力疾走すること約一分。

レベル十一で、地球ならアスリート以上の身体能力ならではの瞬足とスタミナで森の中を移動すると、前方に小柄なハロウィーの姿を見つけた。

その前には、ボロボロのサンゴーが地面に座り込んでいた。

――サンゴー！　ハロウィー！　ッ！

視線をずらすと、一年生には荷が重い、中堅魔獣であるモリハイエナが低く唸(うな)っていた。

でかい。

地球のハイエナとは違い、大きさはライオン並み。長い鞭のような尾をうねらせ、鋭い牙からヨダレを滴らせていた。

きっと、サンゴーはたった一人でハロウィーを守り抜いていたに違いない。

普段はおっとりしているのに、よく頑張ってくれたと讃えたい。

俺はさっき生成したばかりのヒートソードを抜くと、全力で魔力を込めた。

「■■■■■■！」

モリハイエナが獰猛な咆哮を上げてハロウィーに飛び掛かった。

彼女は動けないサンゴーを守るように抱きかかえながら悲鳴を上げた。

「やめろぉおおおおおお！」

裂ぱくの気合いと同時に深く地面を踏み込み、俺は全体重を乗せて、ヒートソードを突き出した。

俺の魔力を変換した炎を噴き上げながら、白銀の剣身が橙色に輝き、灼熱の剣尖がモリハイエナの脇腹を直撃した。

「ッ!?」

刹那、俺が手に感じたのは、何か硬質な物との衝突だった。

剣の切っ先はモリハイエナの脇腹を貫くことはなく、突進力を阻まれた。

「■■■■ッ!?」

遅れて感じる何かが砕けるような感触の半瞬後に、モリハイエナが身体を揺すった。

途端、俺は正体不明の巨大な衝撃に脇腹を殴りつけられて、ハロウィーの近くまでぶっ飛ばされた。

肺が握り潰されるように圧縮されて、中の空気が外に押し出される鈍痛と苦痛に意識が飛びそうになる。

「ラビ!?」

ハロウィーの呼びかけに答える余裕も無く、俺は息が止まったまま、半ばやせ我慢の状態で立ち上がった。

——なるほど。

モリハイエナの背後で縦横無尽にうごめく長い尾。

どうやら、俺はあれに叩きのめされたらしい。

さながら、馬が尻に留まった虫を追い払うように。

無意識なのだろうが、脇腹を叩きのめしてきたのは、脇腹を刺された意趣返しに思えた。

「ッッ」

奥歯を噛み、アバラ骨が折れたのではと錯覚するような脇腹の痛みに耐えて、理解した。

——アバラ骨に当たったのか。

俺のヒートソードは、本来ならばモリハイエナの脇腹から肺を貫通し、奴を内臓から焼き殺すはずだった。

けれど運悪く、俺の剣尖はアバラ骨という鎧(よろい)を直撃。

モリハイエナを仕留め損ねたというわけだ。

――でも確かにあの時、アバラが砕ける感触があった。

アバラ一本。

人間にとっては痛手だが、生命力の高い魔獣には軽傷以上重傷未満といったところか。

状況は最悪だ。

モリハイエナは中堅の魔獣。

一年生の俺には明らかに格上だ。

サンゴーの様子を見るに、イチゴーたちが束になっても勝てるとは思えない。

マーダー・ホーネットのクイーンのように翅という弱点が無いモリハイエナでは、真正面からフッ飛ばされてしまうだろう。

おまけに唯一の勝機だった奇襲攻撃にも失敗した。

制限時間は、モリハイエナが俺とアバラの痛みを警戒してくれている間だけ。

それも、長くはもたないだろう。

――イチゴー、神託スキルで質問だ。モリハイエナの倒し方は？

『わからない』

――だよな。

いくらなんでも、質問内容が漠然とし過ぎている。

なら、あと俺に残されているのは再構築スキルだけだ。

俺のレベルには関係なく、武器そのものが強い装備を作ればいい。

——イチゴー、バズーカ砲って作れるか？

『むりー』

——ライフルや手榴弾は？

『むりー』

——ポーションは作れるのに火薬は駄目なのかよ。

火薬以外で、モリハイエナを倒しうる武器は何か。

考えている間にも、モリハイエナは俺を警戒しながら徐々に距離を詰めてくる。

一秒後には飛び掛かってくる未来に肝を冷やしながら、頭をフル回転させた。

——火薬なしだとボウガンが最強だ。けど、俺の筋力でセットできる程度で、こいつを倒せるのか？

一体どうすれば。

青いポリゴンから起死回生の一手が誕生する想像にすがり、ある可能性に気づいた。

——待てよ。そういえばさっき、空っぽの鞘の中に剣を生成したよな？　なら、もしかして……。

どうせこのままでは死ぬだけだと、俺は確証の無いまま、ヒートソードの剣身を分解、再構築スキルの材料として使った。

そうして生成したのは、金属フレームと金属ワイヤーのボウガンだ。

張力は四〇〇キロ。ハンティング用の五倍以上である。

とてもではないが俺の筋力で引けるものではない。

でも俺は続けて、ボウガンのカタパルト部分に矢を生成した。

カタパルト部分が細長いポリゴンに包まれ、ボウガンの弦がうしろに押し出された。

——思った通りだ。

再構築スキルでヒートソードを生成した時、剣は鞘に収まっていた。

つまり、生成物はセットされた状態で構築できる。

なら、カタパルト部分に矢を直接生成すれば、弦をうしろに押しのけて矢がセットされた状態で構築されるはずだと踏んだ。

ボウガンを両手で構えながら、腰を落として前傾姿勢で引き金を引いた。

同時に反動で手の平と肘、そして肩に衝撃が抜けて、上半身がのけぞった。

想像以上の反動に、目をつぶってしまった。

「■■」

「ッ、どうだ!?」

モリハイエナの叫びに顔を下ろすと、焦げ茶色の体毛に覆われた右肩から、ボウガンの矢が生えていた。

素人の射撃だけど、まとがデカイだけあってどうにか当たったようだ。

「■■■■ッ!」

けれどモリハイエナが怯(ひる)んだのは一瞬。

むしろ、自分に痛みを与えた小癪(こしゃく)な生き物への苛立(いらだ)ちと憎しみを募らせるように唸り、駆け出してきた。

「ちっ！」

すぐさま二射目を装塡。引き金を引いた。

二射、三射、四射と、引き金を引き続けた。

矢はモリハイエナの背中、左肩、右前足に命中し、その都度、野獣の進撃を食い止めた。

けれど一撃ごとに俺らとの距離は詰まり続け、それがデッドラインに迫っていた。

緊張と恐怖で心臓が痛いくらいに冷たく感じる。

死への未来を肌で感じる。

「■■■■ッ！」

咆哮の熱量に脳を焼かれた直後。

モリハイエナが目の前に迫ったところで五射目を撃ち込んだ。

至近距離だけあり、矢は脳天を直撃。

これで死んでくれと心の中で懇願すると、モリハイエナはついにその膝を折った。

——やった。

俺が緊張の糸をゆるめた直後。

まるでそれを待っていたかのようにモリハイエナが飛び起きた。

「!?」

最後の力を振り絞るような、鬼気迫る憤怒の表情。

爪が閃き、白い牙が視界の縁を覆った。

——終わった。

ボウガンの矢はまだ生成中。

今から引き金を引いても間に合わないことは明白だった。

前世と今世、二つの走馬灯が脳内で駆け巡る中、不意に牙が消えた。

耳元を駆け抜ける衝撃波、遅れて吹っ飛んだモリハイエナの口内から生える矢羽根と立ち昇る黒煙。

振り返れば、ハロウィーが弓を放ち終えたポーズで息を吐いていた。

「魔力圧縮スキル、間に……合った」

そこで彼女も、緊張の糸が切れたようにがくんと膝を落とした。

モリハイエナの死体が消えて、俺のリザルト画面とストレージ画面が表示された。

「大丈夫かハロウィー!?」

いつの間にか戻った息を吐き出して、俺は彼女に駆け寄った。

彼女は辛(つら)そうな顔で虚勢を張るように笑みを作り、俺を見上げてくれた。

「うん、だいじょうぶだよ。それよりもこの子が」

力なく落としたハロウィーの視線の先では、痛々しい傷痕だらけのサンゴーが転がっている。

「ああ。サンゴー、時間を稼いでくれてありがとう。お前がいなかったら、間に合わなかったかもしれない」

『おやくにたてなによりなのだー』

全身ヒビだらけでも、サンゴーの口調は呑気だった。

ゴーレムだから痛みも恐怖も感じない？

そんなわけがない。

水遊びを楽しめる感情があるんだ。

壊れ、機能停止する恐怖だってあるに決まっている。

いつもと変わらない口調は、俺らに心配させないようにという、サンゴーの気遣いに他ならない。

小さな巨人。

そんな言葉がぴったりの騎士様に最大限のねぎらいを込めて、俺は魔力を集中させた。

ゴーレム生成スキルを応用した、ゴーレムの復元。

サンゴーの体が青いポリゴンに包まれると、新品同様のサンゴーが出てきた。

『ぴかぴかなのだー』

「あぁ、ぴかぴかだ」

自慢げにお腹を突き出すサンゴー——たぶん胸を張っているつもり——の頭をなでまわしてあげた。かわいい。

イチゴーたちがサンゴーを取り囲み、俺の真似をするように頭や背中、お腹をなでまわし始めた。

『サンゴーがんばったねー』

『サンゴーすごい』

『そこにしびれるあこがれるっす』

『サンゴーつよいのです』

『ますたーがまもってくれたからだいじょうぶだったのだー。こわくなかったのだー』

サンゴーは、みんなに任せておいて大丈夫そうだ。

草地に座り込むハロウィーに、俺は向き直った。

「それで、どうしてこんな森の奥に一人でいたんだ？」

元からマーダー・ホーネットのいる場所は、一年生が立ち入るには森の奥過ぎた。

そこから水場を求めてさらに奥へ進み、ここはさらにその奥だ。

自分の力量をわきまえない生徒ならともかく、ハロウィーのような常識人が一人でこんなところに来るとは思えない。

すると、俺の問いかけにハロウィーはうつむき、辛そうにくちびるを引き結んだ。

言っても良いのか、逡巡するように視線を逸らしてから、彼女は罪を告白するようにしてぽつりと漏らした。

「わたし、ソロになろうと思って……」

「え？」

「先生に言われたんだ。みんなチームを組みましょうって。でも、わたしとは誰も組んでくれなくて。それでソロでもやっていけるよう、たくさんレベル上げないとって」

彼女の声は徐々に熱を帯びて、まくしたてるようになっていく。

「でも、弱い魔獣相手じゃいくら倒しても全然レベルなんて上がらなくて、このままじゃ卒業までにソロで戦えるようにならないって思って、それで森の奥の魔獣を物陰から狙撃すれば、わたしでも倒せるんじゃないかなって思ったの、でも」

ハロウィーは言葉に詰まってから制服の裾を両手でぎゅっと握った。

そして、すぐに何かを諦めたようにして手をゆるめて、顔を上げた。

「むり、だったよ……」

自嘲気味な苦笑に、俺は胸を締め付けられた。

「がんばったんだけどね、直前でモリハイエナに気づかれちゃって。バカだよねわたし、狙撃すればだいじょうぶって思っていたけど、矢の存在に気づかれたら弾かれて当然だし、飛んできた方角からわたしの居場所もバレるに決まっているのに……」

ハロウィーはまるで探偵に追い詰められて観念した犯人が身の上話をするように、弱々しく言葉を紡いだ。

——俺のせいだ。

いくらハロウィーの狙撃が遅いといっても、一人も組んでくれないわけがない。

原因は俺だろう。

昨日、みんなはハロウィーが俺と一緒にいるところを見ている。

どうせハロウィーは元貴族の俺とチームを組むとか、元貴族に媚(こ)びを売っている女子、という印象を受けてもおかしくない。

「ッ…………」

岩のような罪悪感で胸が締め付けられるような想いだった。

ハロウィーの人生を狂わせてしまった。

昨日、将来の夢を語る希望に満ちた彼女を思い出して胸の奥が辛くなった。

だけど、今の俺にできることはなにもない。

『ますたーだいじょうぶー?』

『なにかちからになれませぬか?』

『げんきだすのだー』

『ますたーしょんぼりっす?』

『ゴゴーがいいこいいこしてあげるのです』

俺が落ち込んでいると視界の端。

メッセージウィンドウでイチゴーたちが俺にエールをくれた。

それでみんなを振り返り気づかされた。

——待てよ……いまの俺ってチートじゃないか?

実質AIチャットの神託スキルでこの世界のあらゆる情報がわかる。

実質3Dプリンタの再構築スキルで何でも作れる。

イチゴーたちが倒した魔獣の経験値と素材は全て俺のモノになる。

今後も放置ゲー理論で自動でレベルアップと素材獲得。

もしかしなくても、俺は今後、学年最強レベルであり続けるだろう。

莫大な素材在庫をバックに、あらゆるものを生成しお金を稼ぐだろう。

やれる。

俺がその気になれば、ハロウィーを守れる。

ハロウィーと正式にチームを組む。

ゴーレムたちに前衛を任せながらハロウィーを守らせて、常に最高の装備で武装したハロウィーに支援射撃をさせれば、俺らは有力チームとして名を馳せられる可能性は高い。

ハロウィー自身のレベルが上がれば、昨日の男子たちみたいな連中だって、簡単に手を出せないだろう。

ただ、ハロウィーとチームを組んだら、貴族に復帰できないかもしれない。

そう思うも、力なく地面に座り込み、はかなげな笑みを作り虚勢を張るハロウィーの姿に、俺は自嘲した。

チートのある今、何を我慢するんだろう。

ハロウィーは凄くいい子だ。

こんないい子が仲間なら絶対に楽しいし、いいチームになれる。

ハロウィーを見捨てて貴族に戻るのと、ハロウィーと一緒にチームを組みながら貴族に戻る方法を探す生活。どちらがいいかなんて決まっている。

最初はリーフキャットから、二度目はクラスメイトたちの疑惑から、そして三度目はモリハイエナから、三度も俺を救ってくれておきながらそのことをまったく誇らない彼女とチームを組んで一緒に強くなりたい。

それが俺の素直な気持ちだ。

「俺さ……後衛を探していたんだ」

「え？」

「俺と、チームを組んでくれないか？」

顔を上げた彼女の濡れた瞳と視線を合わせながら、俺も草地に腰を下ろした。

彼女と同じ目線の高さで、穏やかな声でお願いする。

ハロウィーは顔を赤くしながら戸惑い、両手を左右に振った。

「いやそんな！　ラビはサンゴーちゃんたちがいて凄くて、わたしなんかと釣り合わないよ！」

「そのわたしなんかに、俺は三度も助けられているんだけどな」

「でもわたしなんてただ狙撃が得意なだけのノロマだよ！」

「俺が仲間に求めるのはスペックじゃない」

謙虚過ぎる彼女に、俺はちょっと語気を強めて言った。

ハロウィーも、手を止めて俺の言葉を待ってくれた。

「俺が求めるのはただ一つ、人間性、フィーリングだ」

身を挺してハロウィーを守った頼れるのんびりナイト、サンゴーを両手で持ち上げると、彼女に突き出した。

「こいつらを可愛いと言ってくれる。だから、俺はハロウィーとチームを組みたいんだ。引き受けてくれないかな？」

両手をぱたぱたさせるサンゴーを押し付けると、彼女はそっとサンゴーを受け取り、抱き留めてくれた。

ハロウィーの腕の中で、サンゴーは短い手を伸ばして、彼女の肩口をつかんだ。

『いっしょにぼうけんするのだー』

ハロウィーにはサンゴーの言葉は見えていない。

だけど何かを感じてくれたらしい。

彼女の濡れた瞳から大粒の涙が溢れ出した。

でもそれは悲しみから来るものではないのは明白だった。

大きなタレ目を幸せそうにゆるませ、桜色の唇で弧を描き、彼女は頷いた。

「うん！　いっしょにがんばろうね！」

彼女の目から溢れる涙は宝石のように美しく、そして尊かった。

こうして、俺はハロウィーと一緒に学園に戻り、正式にチームを組んだ。

◆

学生寮に戻った俺は、ふと気づいた。

――宝石と言えば、ダイヤモンドって確かただの炭素の塊なんだよな？

気になった俺は、脳内でイチゴーに聞いてみる。

――なぁイチゴー。そこらへんの炭素からダイヤモンドって作れるのか？

『つくれるー』

メッセージウィンドウの一文に驚きながら試しに直径一センチのダイヤを手の平に作ってみる。

その透明度に度肝を抜かれた俺は、天を仰ぎ見た。

――これ、まじで金だけで爵位買えるんじゃないのか？

自律型ゴーレム生成スキルがチート過ぎてちょっと怖くなった。

ハロウィーと正式にチームを組んだ翌日。

俺らのクラスは古代遺跡のような場所に来ていた。

風化しかけた壁は自然石から切り出したような黄土色の岩を積み上げたもので、ピラミッドの中にいるような印象だった。

高い天井は柱も無いのに何故か崩れず、照明器具も無いのに一階ホール部分は明るく、視界は良好だ。

奥の壁には、ゾウでも楽に通れそうなほどに大きな階段口がぽっかりと開いている。

巨大な下り階段は、まるで地獄にでも続いていそうな不気味さがあった。

季節に関係なく気温は一定に保たれるこの場所だけど、僅かな寒気を覚えた。

「では皆さん、今日からお待ちかねのダンジョン訓練ですよ」

先生の説明に、誰も彼もがやや興奮気味で、浮足立っているのがわかる。

そう、いかにもダンジョンなここは、そのまんまいわゆるダンジョンなのである。

場所は校舎裏の森のすぐ近くで、学園が管理している。

というよりも、王立学園そのものが、このダンジョンに合わせて建設されているらしい。

先生は人差し指を立てながら、説明口調で続けた。

「ダンジョンとは、神が人類に与えた修行場と言われています。中に生息する魔獣は無限に湧き続け、宝箱の中身も一日から数日で用意されます」

「せんせー、じゃあ宝箱の前でキャンプすれば取り放題じゃないですか？」

とある生徒の質問に、先生は喉を鳴らした。

「ふむ、確かにそれは可能ですが労力が釣り合いませんね。宝箱の中身が復活するのは早くても一日。魔獣がひしめく危険極まりないダンジョンに一日中もぐるのは自殺行為でしょう。かといって浅い階層であれば魔獣も弱い半面、宝箱にはそれほど価値のあるものは入っていません。つまり、世の中にはそうそううまい話は無いということです」

生徒が残念そうに納得したのを確認しながら、先生はキビキビと説明を続けた。

「中は多重構造になっており、より深い階層ほど魔獣と宝箱のレベルは上がり、手に入る経験値やアイテム、素材もより良いものになっていきます。これは強さを磨いた者への褒美であると同時に、分不相応な者が力を手にしないようにとされています」

言って、先生はホールの奥、地下へ下りる大階段を一瞥（いちべつ）した。

「魔獣のレベルは階層の上下四レベル。各階層に存在するフロアボスのレベルは階層プラス十。地下一階ならレベル一からレベル五の魔獣が潜み、フロアボスのレベルは十一」

――俺と同じレベルか。

「そして地下十階層ではレベル六からレベル十四の魔獣が生息し、フロアボスのレベルは二〇です。ダンジョンの最下層にはダンジョンボス、通称ダンボスが鎮座していますが、まぁ君らが戦うことはないでしょう」

生徒たちの間に走った不機嫌を感じ取ったのか、先生は眼鏡の位置を直して口を開いた。

「失礼。いくら平民とはいえ、決して君たちを侮っているわけではありません。そもそもダンボスは国を代表する英雄クラスの人たちがようやく倒せるレベルです。たとえ貴族科の最上級生首席生徒でも、倒すのは難しいでしょうね。それ以前に、最下層まで辿（たど）り着けるかどうか」

それを聞いて、生徒たちの間に少なからず落胆ムードが広がった。

令和日本の若者が、ＳＮＳでセレブたちの生活に憧れたり、青春ドラマに憧れるように、この世界の若者は英雄や小説に憧れる。

若くして英雄と呼ばれる世界のＶＩＰや、人気小説の主人公に自分を重ねている生徒も、少なくはないだろう。

けれど、現実の壁の高さに冷や水を浴びせられた気分らしい。

「皆さんは既に森で魔獣との戦闘は経験済みです。ですが、森とダンジョンでは勝手がまるで違います」

「え〜、でも森と違って通路の前にだけ気を付けていればいいんでしょー？」

呑気（のんき）な女子生徒の声に、先生は声を険しくした。

「だからこそです。ダンジョンでは前にばかり気を取られ、警戒がゆるみ、背後や隠し通路から襲い掛かってくる魔獣や、曲がり角の出合い頭に突然出てくる魔獣に襲われるケースがとても多いのです。現に、ダンジョンでの死亡率一位は魔獣からの奇襲なのですよ」

生徒たちの間に、少し緊張感が走った。

「他にも森には無いモンスタールームなどトラップの数々。逃げ道の無い行き止まりなど、ダンジョン由来のリスクはいくらでもあります。なので、今回は安全の為(ため)、全員で地下一階をぐるりと一回りします。決して、勝手に下階層へ下りないように」

最後は深く、釘(くぎ)を刺すように締めくくると、先生は俺らに背を向けた。

「では、行きますよ」

先頭を歩く先生の背中を追いかけて、俺らもぞろぞろと歩き始めた。

途中、一部の男子たちがひそひそと話し合うのが聞こえた。

「つっても一階層の魔獣なんて出てもレベル五だろ？」

「オレらもうレベル三だしチーム組めば余裕だっての」

「森でも昨日、リーフキャット倒したしな」

ハロウィーが一撃で倒したので印象が薄いけど、リーフキャットは本来、雑魚魔獣の中では比較的強い部類に入る。

春の一年生が相手をするには、少し重めだ。

長い階段を下りて、踊り場を二回通り過ぎて地下一階に下りた。

階層にもよるけど、ダンジョンの床の厚みは数メートルもあるし、天井も高いので当然だろう。

そして階段を下りると通路の奥、目の届く範囲に下り階段があった。

「二階層への階段はあちらですが、皆さんはくれぐれも近づかないで下さいね」

『近ッ!?』

と、声を漏らしたのは、俺を除いたクラスの全員だった。

「授業では聞いていたけど、本当にボス部屋以外にもあるんだな」

「ボスとか素通りし放題だよな」

「試練になっていませんよ女神様」

生徒たちの小声に、先生は眉間にしわを寄せた。

「あのですねぇ、そもそも、毎回ボス部屋を通らないといけないなら、十階層以下の常連である上級生は毎回十体以上のボスを倒さないといけませんし、目的地へ行くだけで放課後が終わってしまいます」

言われてみればそれもそうだと、生徒たちは納得した。

「プロの冒険者たちも、例えば地下五〇階層へ行くなら四九体のボスを倒さないといけませんし、とてつもない距離を歩かないといけないでしょう。五〇階層のボスを倒せるだけの実力があるのに時間と体力の都合で試練を受けられない、そちらの方が問題です。女神様を侮辱してはいけませんよ」

先生の苦言に、生徒たちは押し黙った。

確かによく考えられている。

いや、考えられ過ぎている。

二〇〇〇年前に魔王と戦った女神の正体は異世界転生者では？　と疑う俺としては、ダンジョンを作った神様の正体はダンジョン製作スキルを持つ転生者なのではないかと考えてしまう。

魔王を倒した後、世界の人たちが自衛できるよう、レベルアップの場として世界中にダンジョンを作った。

至極現代ゲーマー的な考えだと思う。

「とはいえ、世界にはボス部屋に行かないと下へ下りられないダンジョンもありますがね。そうしたダンジョンは下層への移動だけで一苦労なので、世界的にも難易度が高いと言われています」

「そういえば先生、なんでダンジョンの地図の閲覧って二年生にならないとだめなんですか？」

「そっか、地図あったら階段の場所なんて一目でわかるよね。不親切だわ」

「それは下階層へ下りる階段の場所がわからないようにです。レベルの低い一年生が、好奇心から各階層の階段への最短ルートを通って深く潜り過ぎたら大変でしょう？」

学園側も、それなりに考えているらしい。

けど、非公開情報って神託スキルだとどうなるんだろうと、ちょっと気になる。

――イチゴー。このダンジョンの地図ってわかるか？

『わからなーい』

メッセージウィンドウの表示に短く息を吐いた。

どうやら、知識や資料として存在していても、一般公開されていないものは対象外らしい。

地球のＡＩチャットも、あくまでネットの情報を下地にしている。

一部の人しかアクセスできない非公開情報は教えてくれない。

『でもマッピングはできるよー』

——あーそうか。他でもないイチゴーたち自身が知っていればいいのか。

『もっとちかにおりたーい。だしてだしてー。あそぶー』

——いや、でも先生がこれ以上地下に下りたら駄目って言っていたし。

『せいとじゃなくてゴーレムだもーん』

——う～ん、しょうがないなぁ。

戦力として一人くらいは残しておこうと思うも、すぐに考え直した。

——まぁ、地下一階をクラスのみんなで回るなら、どうせこっちにいてもやることないしいいか。

ストレージの中からチャット画面越しに甘えてくるイチゴーが可愛(かわい)くて、つい負けてしまう。

ぞろぞろと歩く集団の最後尾へこっそり下がってから、俺はストレージからイチゴーたちを出した。

「じゃあ下階層に下りていいけど、無理はするなよ」

『はーい』

『ぎょい』

『わかったのだー』

『ヨンゴーをしんじるっす！』

『しゅっぱつなのです』

イチゴーを先頭に、みんな短い脚でぽちょぽちょと走りながら階段の下に飛び降りた。

階段を一段ずつ下りる足の長さなど、望むべくもないのだ。

その中で一人、ヨンゴーが側転で一段ずつ下りていった。

まるで嚙み合った歯車のように、ヨンゴーの手と下半身が階段にマッチしている。

それを真似して、他のみんなも同じように下りていった。

――ヨンゴー、ときどき賢いな。

数秒後、俺のウィンドウに地下二階のマップが表示され始めた。

最初は階段周辺しかなかった地図が、まるでゲーム画面のように伸びて広がっていく。

未踏破エリアが埋まっていく様は、やっぱりゲームみたいでなんだか楽しい。

「皆さん、ホーンラビットが出ました。誰か試しに戦ってみてください」

「じゃあオレ、いきまーす。ファイアボール」

先頭のほうでは、早くも戦闘が始まっていた。

男子の握る杖からバスケットボール大の火球が放たれ、ホーンラビットを焼き尽くした。

「よっし。通路だと左右に逃げないぶん楽だな」

「おい、次はオレにやらせろよ」

「いやアタシよ」

みんな、初めてのダンジョンにテンションが上がり気味だった。

新しい魔獣が出るたび、我先にと争い、次々攻撃しては魔獣を倒していく。

それと同時に、地下二階でゴーレムたちは無双状態だった。

止まることなく、広がり続けるマップ。

次々表示されるリザルト画面。

みるみる増えていくストレージの素材。

そして振り返るクラスメイト。

「あっれぇ、そういえばまだ何もしていない奴がいるなぁ」

「やめとけよ、お坊ちゃまはオレらと違ってレベル一なんだから」

「貴族なんて召使やゴーレムがいないと何もできないんでしょ？」

爆笑が巻き起こると、先生は最低限の注意を促した。

「はいそこまで。そうやって物見遊山気取りの時に、隠し通路から魔獣が現れたりするんですよ。それと、前を見るように」

通路の奥から、棍棒を持ったゴブリンが駆けてきた。

一人の女子が剣を振るい、棍棒を払い落としてからゴブリンの首を刎ねた。

「ざっとこんなもんよ。まっ、お坊ちゃまには無理でしょうけど？」

嫌味な女子が振り返ってニヤリと笑う。

『ごぶりんちゅうたいはっけーん。だいしゃりんたいあたりー』

リザルト画面に、一〇〇体分のゴブリン素材が入ってきた。

——大車輪体当たりって、ヨンゴーが階段を下りる時に使っていたあれかな？

五人が横一列に並んで、タイヤのように回りながらゴブリン中隊を撥ね飛ばしていく姿を想像して、なんだかおかしかった。

「おい、ラビのやつ罵倒されて笑っているぞ」

「そういう性癖なのか？」

性癖ではない。

嫌味女子よりもゴーレムに夢中なだけだ。


それから……。

「みなさん、宝箱ですよ。ただし気を付けてください。ダンジョンの宝箱には罠(わな)が仕掛けられていることが多いです」

「じゃあアタシの罠解除スキルの出番ね。えーっと、あ、宝箱開けたらしびれ毒が出てくるみたい。だけどアタシなら、よ」

女子が宝箱を開けても何も起きなかった。

「ナイフか……けど一階層ならこんなもんよね」

メッセージウィンドウが更新された。

『どくろマークのへやみつけたー。むらさきいろのガスでいっぱーい。トゲトゲのゆかとみどりいろのぬまをわたったさきにたからばこはっけーん。ゴゴーがあけたらヨンゴーがピラニアにかまれてるー。くすぐったそー』

ストレージに、魔法石の雷石が追加された。

たったの地下二階で魔法石はレア過ぎる。

たぶん、トラップ満載の部屋を抜けた先の隠しアイテム的なものだろう。ただし、ゴーレムには効かなかった。


さらに……。

「みなさん。ここがモンスタールームです。試しに私が入ってみますね」

先生がドアの無い入り口をくぐり、部屋に入った。

途端に、鉄格子が下りてきて、先生は閉じ込められた。

部屋の中には、無数のゴブリン、ホーンラビット、スライムが湧き出てきた。

みんなが悲鳴を上げる。

それでも、先生はいたく冷静だった。

「モンスタールームを出る方法は二つ。湧き出る魔獣を全て倒し切るか、外の脱出ボタンを押すかです」

鉄格子から腕を伸ばした先生が指さした先を視線で追う。

そこは石壁の一部が不自然に出っ張っていた。

俺がその石を手で押し込むと、鉄格子が上に開いた。

先生は悠々とモンスタールームから出てきた。

「いいですか？　部屋に入る時は、必ず一人ずつ、あるいは最低一人、外に仲間をおいて安全を確認してから全員で入る。これが鉄則です」

雑魚とはいえ魔獣の軍勢が衝撃だったのか、みんな硬い表情で頷いた。

『ますたー、このへやまじゅうでいっぱーい。たおしほーだーい。もういっかいはいるねー』

リザルト画面が長い。凄く長い。

ストレージ画面も凄い勢いで更新されていく。


しまいには……。


「みなさん、おまちかねの強敵ですよ」

ちょっと開けた部屋に出ると、次の通路への入り口に、門番が立っていた。

みすぼらしいながらも軽装鎧に身を包み、右手には槍を握っている。顔はドブネズミそっくりだった。

「王立学園ダンジョン一階層最強の魔獣ワーラット。レベル五です。みなさん、連携して倒してください」

平均レベル三の生徒たちは横に広がり、ワーラットと戦闘を始めた。

魔法や弓で戦う生徒が次々射撃でワーラットを痛めつけ、最後に剣や槍を持った生徒が次々突き刺していく。

格上とはいえ一体の魔獣に数十人がかりでリンチしておきながら、みんな謎の達成感と手ごたえを感じている様子だった。

「なぁんだ。レベル五っていっても大したことないな」

「まぁアタシたちは訓練しているし」

「レベル差なんて簡単に埋められるよね」

レベルが同じでも、長身ゴリマッチョと小柄で細身な人とでは筋力が違う。

レベルが同じなら、剣術などの戦闘技術を磨いている人のほうが強い。

レベルはあくまでも目安でしかない。

とはいえ、これだけ数の暴力で圧倒しておきながら調子に乗り過ぎだろう。

『第二階層フロアボス　ワーラット・メイジをクリア』

いつもとは違うリザルト画面の後に、イチゴーからメッセージが届いた。

『ねずみのまほうつかいさんたおしたー。ほめてほめてー』

五人がかりとはいえ、フロアボスを倒して喜ぶイチゴー。

同じ数の暴力でも、功績には雲泥の差があった。

――よしよし。よくやったぞ。寮に帰ったら綺麗(きれい)にしてあげるからな。

『わーい』

イチゴーの顔アイコンは無表情なのに、何故だか喜んでいるように見えてかわいかった。

流石(さすが)にボス部屋は通り過ぎたものの、地下一階層を一回りした俺らは地上へ帰還。

先生はみんなに感想文の提出を言い伝えてから、学園への帰投を開始した。

クラスメイトはみんな自信に満ちた表情で、今日一日の行動を武勇伝のように語り合っている。

そして会話の随所随所に、俺へのあてつけも忘れない。

「いやぁ、今日のオレらは大活躍だったなぁ」

「まぁだてに中等部で三年間、訓練していないからな」

「だけど一人だけなぁんにもしていない奴がいたよなぁ」

「おいおい言ってやるなよ。お坊ちゃまはフォークとナイフより重たい物を持ったことがないんだから」

——まぁ、俺が何もしていないのは事実なんだけどさ……。

彼らは精一杯、俺を悔しがらせようと言葉を尽くしているのだろうけど、何も響かなかった。

何せ、今日一日で俺のレベルは十二に上がり、ストレージ内の素材在庫は二倍になった。

宝箱やフロアボスから得たレア素材もたんまりだ。

なんだろう。みんなに対して悪いことをしている気がする。

抜け駆けというか、ズルというか。

◆

ラビたちがダンジョンから学園に向かっている頃。

王立学園貴族科二年生の教室では、今日も放課後の恒例行事が行われていた。

「このノエル・エスパーダ。再び先輩方と同じ学び舎で学べることを光栄に思うと同時に、最上級生から最下級生になった自覚を持って己を律する所存。今後もご指導ご鞭撻のほど、よろしくお願い致します」

そう言って会釈をするのは、輝く長い金髪を背中まで垂らした、白い肌と碧眼の美しい絶世の美少女だった。

背は高く、手足はスラリと長く陶磁器人形のように均整が取れている。

それでありながら、出るところは出て、引っ込むところは引っ込んだ、メリハリのある体つきをしている。

コルセットでもしているように細くくびれたウエストとは相反するように、大きく膨らんだバストとヒップは、王立学園の制服越しでも男子たちの目を惹きつけずにはいられない。

今も、周囲から集まる男子たちの視線は、彼女の美貌よりも胸に集まっている。

「うん、殊勝な心掛けだね。流石は子爵家、弁えている。一部の下級貴族の中には、高等部に上がっても最上級生気分が抜けずに挨拶に来ない不届き者もいるのに感心だよ」

椅子に座ったまま、横柄に対応するのはラビと同じ黒髪で、顔立ちもラビを不遜にしたような男子生徒だった。

フェルゼン・シュタイン。

ラビの兄であり、シュタイン家の次期当主だ。

「そういえばラビにはきちんと進級後のあいさつ回りをするよう言い含めておいたのだけれど、実

家を追放されて平民に落ちるなんて、アドバイスが無駄になったよ」

フェルゼンの言葉にやや表情を硬くしてから、ノエルは目を伏せた。

「ラビ……弟殿については、残念に思います」

「まったく、不出来な弟を持つと苦労するよ」

迷惑そうに声を上げてから、フェルゼンの視線はノエルのバストに集中した。

彼女が顔を伏せているため、自分の目線がバレないと思っての行動だろう。

「だけど君は気にせず、これからも我が家と付き合ってくれたまえ。何より僕たちは幼馴染じゃないか」

語尾が上機嫌な理由を察しながらも、ノエルはあくまで礼節を重んじた態度を崩さなかった。

「お気遣い頂き痛み入ります」

そう、定型文を返してから、ノエルはその場を去った。

自分が教室を出て、ドアを閉めると同時に、男子たちの声がざわついた。

品性を欠いた反応は無視して、ノエルは足早にその場を立ち去った。

これで、付き合いのある全先輩生徒への挨拶回りは終わった。

もう、放課後の彼女を縛るものは何もない。

――ラビ、ようやく君に会えるぞ。

はやる気持ちを抑えきれず、高鳴る胸の鼓動を感じながら、ノエルの足は早歩きを通り越して、駆け足になっていた。

貴族科の生徒にしては少し品を欠くも、そんなことを気にしている余裕は無かった。

彼女が向かうのは貴族科校舎と平民科校舎を繋ぐ、中央棟だ。

彼はきっとそこにいる。

貴族科時代もそうだった。

放課後、あの場所で何度も同じ時を過ごした。

理不尽に実家を追放され、平民に落とされ、知り合いのいない教室で、きっと寂しい想いをしているに違いない。

——会いに行くのが遅れてすまない。だけどラビ、これからは私が一緒だぞ。

友のため、愛のため、少女は流れるような金髪をなびかせひた走った。

◆

ダンジョンから帰ってきた俺は、平民科校舎と貴族科校舎の間のカフェで、ハロウィーとお茶をしていた。

話題は当然ダンジョンについてだ。

「というわけでイチゴーたちがいきなり地下二階層のフロアボス倒しちゃってさ」

「へぇ、大活躍だったね」

『がんばったのだー』

ハロウィーは膝の上に乗せたサンゴーをなでまわした。

――丸い体でよく落ちないな。

「そういえばフロアボスって倒したら特別なアイテムが手に入るんじゃなかったっけ？」

サンゴーをむぎゅっと抱きしめながら、ハロウィーは疑問符を浮かべた。

「あぁ、質のいい魔石が手に入ったよ」

俺はストレージからビー玉のような物を取り出した。

魔石。

大量の魔力を内包した鉱石であると同時に、大量の魔力を溜め込める鉱石でもある。

「これをイチゴーに配合しようと思う」

「どうなるの？」

「魔石の魔力を使って一時的に身体能力を上げられる。強敵相手の奥の手だな」

俺は足元のイチゴーを抱き上げた。太鼓のように丸くて太いけど、軽いので持ち上げるのは簡単だ。

ただし、膝の上に乗せるとなかなかの存在感である。

それからシステムウィンドウを操作して、イチゴーに魔石を配合した。

すると、俺の膝の上でイチゴーはむむんと謎のポーズをキメた。

『パワーアーップ』

「これでイチゴーは魔石の魔力で大幅な身体強化ができるようになったぞ」

「へぇ、イチゴーすごいね」

『すごいのー。えへんー』

膝の上で、イチゴーはお腹(なか)を突き出した。

本当は胸を突き出したいに違いない。

「ニゴーとサンゴーも早くもらえるといいね」

ハロウィーの言葉で、俺はニゴーがジッとイチゴーを見つめていることに気が付いた。

――うらやましいのかな？

「次、魔石が手に入ったらニゴーにも配合してあげるからな……どうした？」

ニゴーは何も言わず、ジッとこちらを見つめたまま、動かない。そしてメッセージウィンドウに一言。

『ひざのうえ』

――そっちか……。

相変わらずの隠れ甘えん坊ぶりに、俺はニゴーも膝の上に乗せた。

左膝にイチゴー、右膝にニゴーという横タンデム式で、俺は二人の頭をなでまわした。

丸い体が落ちないよう、重心に気を配るのを忘れない。

すると、イチゴーがニゴーに抱き着き始めた。

『なかよしー』

『やめよ』

するとその姿に、ハロウィーは妙になごんでいた。

——これもゴーレム効果か？

「えへへ、明日はわたしのクラスと合同でダンジョン実習だから、そうしたら二人でチーム行動しようね」

「ああ。それにしても機嫌いいな？」

昨日からハロウィーは終始上機嫌で、ずっとこんな感じだった。

「え？　それはやっぱり、チーム組めたから。ほら、わたし友達いないから半ばあきらめていたっていうか」

ちょっと恥ずかしそうにはにかみつつ、ハロウィーは何かを誤魔化すようにまくしたててくる。

「なるほどな」

——さりげなく悲しいことを……。

美少女でもボッチになる哀しい世界。

デリケートな話題に、深入りはためらわれた。

「そ、そういえばラビって貴族科に友達いなかったの？　会えなくて寂しくない？」

「いたぞ。けど平民になった俺とはもう会わないほうがいいだろ。あいつの邪魔になる」

目をつぶり、幼馴染の顔をまぶたの裏に浮かべた。

「ラビ！　ッツ……!?」

すると、本人の声までしてきた。

「ラビ、呼ばれているよ？」

「え？」

目を開けて見上げると、見慣れた金髪碧眼美人が顔をこわばらせていた。

「あ、ノエル、久しぶりだな」

いつも凛とした表情の彼女だけど、今日は妙に戸惑って見える。

ノエルの青い瞳はちらちらとハロウィーに向けられている気がする。それとも、ゴーレムが気になるのだろうか。

「ちょうどいいや。ハロウィー、こいつがさっき言った俺の友達のノエル・エスパーダ子爵令嬢だ。領地が隣同士で五歳の頃からの付き合いなんだ」

「俺？」

俺の一人称を一瞬気にしてから、ノエルは表情を改めた。

「いかにも。私がラビの幼馴染の、ノエル・エスパーダだ」

ノエルがいつもの毅然とした態度に戻る一方で、ハロウィーは肩を跳ね上げた。

「あっ！　やっぱりノエル様でしたか!?」

「なんだ？　ノエルのこと知っているのか？」

ハロウィーは大きく頷いた。

「うん。わたしの実家、エスパーダ領だから。何回か見たことあるの。王立学園に来る時も、随伴させてもらったよ。ていっても馬車は別々だし、エスパーダ領から入学する子供はみんな一緒だからノエル様は覚えていないと思うけど」

「いや、そういえば三年前、貴君を見た気がするぞ。だがしかし、我が領民が……」

ノエルは首を傾げ、何かに耐えるような顔をしてからハロウィーに詰め寄った。

「ハロウィー、貴君はラビとはどういう関係なのだ？」

「ふゃっ!?」

領主の娘に詰め寄られて、ハロウィーは緊張した面持ちで肩を縮めた。サンゴーを抱きしめる腕の間隔も、ますます狭くなる。

『きもちぃのだー』

――よかったな。サンゴー。

「えと、昨日、正式にチームを組みました。ラビに誘われて」

「ラビに誘われただと!?」

ノエルはテーブルに手をついて前のめりになって、ハロウィーはたじたじだった。

「ッッ、いやそれよりもッ」

ノエルはぐるりと首を回して、俺を睨んできた。

「どういうことだラビ？　二年生のクラス分けがチームごとなのは貴君も知っているだろう？　貴君は二年生も平民科確実なのだぞ」

ハロウィーがハッとした表情になる。

どうやら、ノエルに言われて彼女も気づいたらしい。

だけど、俺は努めて冷静に返した。

「どういうこともなにも、最初からそのつもりだよ。考えてもみろよ。俺は父さんから実家を追放されて貴族籍を剝奪されているんだぞ？　どうやって貴族科に戻るんだ？」

「それは！　だな……例えば一年生の内に大きな功績を立ててそれを手に復帰を嘆願するとか！」

「大きな功績って例えば？」

言いよどんでから答えを絞り出したノエルに即答すると、また彼女は言葉に迷った。

「う……テストで一番を取るとか……」

「お前俺の成績知っているだろ？」

「ならば、戦武祭などの年中行事で優勝するとか……」

「俺の実力じゃ厳しいって。上級生のトップクラスの実力は知っているだろ？」

「それはそうだが……」

凜とした眉を八の字して声からは力が抜けるも、まだ納得はしていないらしい。

「個人戦は全滅。チーム戦やクラス対抗系は優勝しても俺の功績かどうかなんて証明しようがないだろ。というか元貴族だからってみんなから煙たがられているし、ハロウィーが組んでくれたのでさえ奇跡なんだ。そもそも、学校の行事に優勝したからって貴族に復帰させてくれるもんなのか？」

俺の正論に、ノエルはすっかり肩を落としてしまった。

ノエルの提案は、自律型ゴーレム生成スキルをフル活用すれば可能かもしれない。

けれど、それを言ってしまえばハロウィーにいらない気を遣わせてしまう。

いつか貴族に戻る。

その目標は変わらない。

だけどそれは王立学園を卒業した後、何か別の方法でだ。

「なら私も貴君とチームを組む！」

眉を引き上げ、ノエルは謎に語気を強めた。

「科が違うだろ科が。それにノエルの腕なら貴族科でも引く手あまただろ？」

「私にあんな外見目当ての者たちと組めと言うのか？」

ノエルは凜とした美貌を崩して、ジト目で俺を見下ろしてくる。むしろ、睨み下ろしてくる。

「なら、女子だけで組んだらどうだ？」

「人の話を聞いていたか？　外見目当ての者たちと組めと言うのか？」

——え？　それって……。

頭の中で、百合の花が満開になった気がする。

「それは本当に可哀想だしなんとかしてあげたいけど、実際問題俺は平民科で、貴族に復帰できるめどはついていないんだ。力になってあげられなくてごめんな」

「それもそうか……いや、すまない。取り乱した」

素直に謝りながら、ノエルは退いてくれた。

けれど、その弱々しい表情から彼女が納得できていないのは明白で、なんだか罪悪感がある。

ノエルの美貌は幼少期から群を抜いていて、周囲からていのいいお人形さん扱いされることが少なからずあった。

騎士としての矜持が強い彼女にとって、それがどれほどの苦痛だったたか、俺は嫌というほどそばで見てきて知っている。

何とかノエルを元気づけられないか。

そう悩んでいると、俺の膝の上でイチゴーがバンザイをした。

『げんきだしてー』

俺のウィンドウに表示されたメッセージはノエルには見えないけど、俺の顔に重なって左右に振られる腕に、ノエルが視線を落とした。

「む、もしやそれが貴君のゴーレムか？」

ノエルは子爵家令嬢だけど、他の貴族のように嫌そうな顔をしなかった。

理由は、俺のシュタイン家とは付き合いが深く、ゴーレムに慣れているからだろう。

加えて、自分自身が女騎士ということである種の偏見を持たれ苦労しているせいか、彼女は昔から風潮に流されたり、他人に対して偏見を持つことがない。

「そうだぞ。他のゴーレムと違って自分で考えて動く、イチゴーとニゴーだ」

『こんにちはー』

と、言いながらイチゴーが俺の膝からころりと落ちた。

ころころ床を転がって、ノエルの足にこつんとぶつかって止まる。

「ッッ〜〜〜〜!?」

ノエルの顔が真っ赤になり、感情を押し殺すように唇を硬くした。

『なにをしている？』

『おちちゃったー』

見下ろすニゴーを見上げるイチゴー。

二人の仕草に、ノエルはほっと口を開けた。

「か、かわいぃ……」

どうやら、ノエルにはイチゴーたちのかわいさがわかるらしい。

ハロウィーに続きノエルまで。

心の綺麗な人にしか見えない何かがあるのでは？　と思ってしまう。

「くっ、だがラビ、私はこんなことでは誤魔化されないぞ」

――誰も何も誤魔化していませんよ？

イチゴーを抱き上げ抱きすくめ、なでくりまわしながら語気を強めるノエル。

目を吊り上げているけれど、迫力の欠片も無かった。

「おいおいさっきから情緒不安定だな。一体何がそんなに嫌なんだ？」

「そ、それは……」

言葉に困ったノエルが口元をイチゴーで隠すと、乱暴な声が飛び込んできた。

「おいおい、平民のクセにナメた態度取ってんじゃねぇぞ」

ノエルやハロウィーと一緒に視線を向けると、離れた席の生徒に、貴族科の制服を着た生徒が絡んでいた。

「平民のクセに窓際の席を使っていいと思ってんのかよ？」

「テメェらみたいなのが学園の風紀を乱すんだよ」

「か、関係ないだろ。校則にそんなこと書いていないし、お前に何の権限があるんだよ？」

貴族科の生徒にすごまれた生徒は、意外にも反論していた。

身分制度の布かれたこの世界では、平民が貴族に逆らうことはタブーだ。

とはいえ、身分なんて関係ないという、貴族への反骨心を持つ人も一部いる。

「権限以前にマナーの問題なんだよ！　平民はそんなこともわからねぇのか!?」

「オレらの気分を害したことを謝罪しろよ。土下座でなぁ！」

貴族生徒が平民生徒の胸倉をつかんだ。

見ていて、反吐が出るような光景だった。

とはいえ、俺には何もできない。

貴族ではない俺が何を言っても無駄どころか、被害が大きくなるだけだ。

けれど心配ない。

ここには貴族で、正義感の強い騎士様がおわす。

ノエルはさっきまでのポンコツ具合はどこへやら。

凛々しい瞳でイチゴーをテーブルの上に置くと、背筋を伸ばして力強く一歩を踏み出した。

「そこまでに――」

「そこまでにしておくんだね。学園内での乱暴狼藉は、この僕が許さないよ」

ノエルの言葉を遮るように、立て板に水とばかりに滔々と言い切った言葉に、誰もが注目した。

俺よりも頭半個分高い長身に艶やかな茶髪の美形。

俺はコイツを知っている。

確か、一年首席のクラウスだったか。

前に、他クラスとの合同演習で仮チームを組む時、引っ張りだこだった平民科の一軍スター生徒様だ。

「なんだ、テメェは？」

貴族科生徒にメンチを切られても、クラウスは余裕の表情だった。

「僕は一年平民科首席、クラウス。おとなしく引き下がってくれないかな？　でないと、力ずくでも止めないといけなくなる」

「はぁ、ふざけんなよ！　オレらはこの平民を教育してやっているんだ！」

「オレら貴族には平民を導く義務があるからなぁ」

「へぇ、猿のように吼えるしか能が無い君たちにそんな教養があったとは驚きだ」

「んだと!?」

貴族科の生徒は激昂して顔を真っ赤にした。

「じゃあ教えてくれよ。僕の友達が、君たちにどんな失礼を働いたのかな？」

友達、という単語に、平民科生徒はぎょっとした。

あの反応。おそらく二人は初対面だろう。

彼を友達扱いしたのは、クラウスの方便に違いない。

「こいつが平民の分際で窓際の席を独占するからオレらに譲るようしつけてんだよ！」

「おや？　平民科生徒は窓際の席に座っちゃいけない、なんて校則あったかな？」

「校則以前の問題だろうが！」

クラウスの口元に、勝利の笑みが広がった。

「つまり、単なる君の願望ってことだよね？」

「ッッ、貴族の要求を断るのは不敬罪だろ!?」

「それは正当な要求を断った場合だね。例えば貴族が通行人に有り金をよこせと言っても平民はそれを断っていい。カフェの席は自由席だ。席は彼が先に使っていた。君らにこの席を使う権利は無いし、彼に席を譲る義務は無い。話は以上だ」

気持ちよいほどの論破力に、ちょっと感心してしまった。

「はぁっん!?　屁理屈（へりくつ）言ってんじゃねぇぞダボが！」

「つうかその制服、テメェも平民じゃねぇか！　不敬罪で殺すぞ！」

「じゃあ一緒に学園長室に行こうか？　自由席に先に座っていた生徒に席を譲れと恫喝（どうかつ）して暴行を働いた君たちを学園長はきっと褒めてくれるだろうね。何せ貴族として平民をしつけ教育してあげたのだから、これは表彰ものだ。ねぇ皆さん？」

クラウスは爽やかな笑みで語りながら、周囲に同意を求め巻き込んだ。

すると、さしもの貴族科生徒も平民科生徒の胸倉から手を離した。

流石に、自分たちの行為が越権行為だと、彼らも自覚しているようだ。

「テメェ……それで勝ったつもりか、口先だけの優男が……」

貴族科生徒が、腰の剣に手をかけた。

それを見咎めるや否や、クラウスは好機とばかりに口を開いた。

「決闘なら受けてあげてもいいけど、平民の僕に負けたら恥をかくのは君らじゃないかな？」

「なんだと!?　は？」

貴族科生徒が剣を抜いて、目を丸くした。

剣身が無い。

グリップだけを握りしめ、まばたきをしている。

一方で、クラウスはクールに剣を収め終えていた。

「ごめんよ、抜くのが遅過ぎてヒマだったんだ」

貴族科生徒が鞘を傾けると、中から切れた剣身が落ちてきた。

「う、うそだろ？　一年生がなんでこんな……」

「学年は関係ないよ。それより決闘はどうする？　レベル十五で魔法剣士スキル持ちの僕に勝つ自信があるならどうぞ。いつでも挑戦を受けるよ！」

魔法剣士。

魔法と剣術、両方に高い技量を発揮できる、超攻撃的なレアスキルだ。

しかも十五レベル。

きっと、箱入り息子娘の貴族生徒と違い、学園に入学する前から野生の魔獣相手に戦い続けてきたに違いない。

害獣駆除で弓を引き続けてきたのはダテではない。

――昨日聞いたら、ハロウィーもレベル六だったしな。

「ッッ、バッカじゃねぇの。オレら貴族がテメェら平民なんかと決闘すると思っているのかよ！」

「貴族の神聖な決闘を平民如きができると思うなよ！」

あまりに情けない捨て台詞を吐いてから舌打ちをして、二人はすごすごと立ち去った。

一部始終を見届けていた、他の平民科の生徒たちは歓声を上げ、拍手をする生徒までいた。

「すげぇ、クラウスの野郎、貴族科の生徒をやっつけちまったぜ」

「当然でしょ。クラウス君だもん」

「身分に胡坐をかいている連中とは違うよなぁ」

一方で、カフェにいた貴族科の生徒たちは苛立ち始めている。

――あの平民科の生徒、八つ当たりでいじめられないかな？

と、思った矢先、クラウスは絡まれていた平民科生徒と同じテーブルに座った。

「見ていたよ、君の反論。貴族相手に立派だった。良かったら友達にならないかい？　とりあえず放課後、部屋でお茶でも飲みながらダンジョンの戦術議論でもしようか。一緒に強くなろうよ」

「お、おう！」

アフターフォローも完璧だった。

——やっぱりクラウスってかっこいいな。

正直、素直に憧れる。

「ふむ、見せ場を取られてしまったがいいだろう。あの生徒が助かって何よりだ」

同じ貴族科なのに、ノエルは気にした風もなかった。

こういう良いことを良いと言える素直さが素敵だと思う。

そしてノエルはテーブルの上のイチゴーを抱き寄せ、俺の隣の席に座った。

——さりげなくイチゴーをキープしている。やるな。

次の瞬間、クラウスの視線が俺に向き直った。

「?」

彼は席から立つと、衆人環視の前で真っ直ぐこちらに歩み寄ってきた。

——なんだ？　ハロウィー、それともノエルに用か？

けれど、クラウスはノエルの横に立って、俺を見下ろしてきた。

「ラビ、明日、僕らと君のクラスでダンジョン訓練があるよね？　その時、僕とチームを組まないかい？」

突然の申し出に、俺は唖然。

周囲からはひそひそ話が立ち始めた。

「なんでクラウス君が元貴族なんかと？」

「いや、だからこそか？」

「でも今は平民なんでしょ？」

「もしかしてラビのやつ、強いのか？」

誰も彼もが俺らに注目して声を潜める。

おかげで、カフェはしんと静まり返っていた。

俺は単刀直入に聞いた。

「なんでだ？　俺と組むメリットないだろ？」

俺の問いかけに、クラウスは涼やかに微笑(ほほえ)んだ。

「そんなことはないよ、それに僕は君に興味がある。それだけじゃ駄目かな？」

声を潜めない、自信に満ちたはっきりとした声は、しんと静まり返ったカフェの生徒全員に聞こえただろう。

平民科のスター生徒が俺に興味を持っている。

そのことに、またもカフェはざわついた。

俺の心もざわついた。

前世の記憶があるせいで、もしかしてクラウスも異世界転生者なのかと疑った。

でも、それは杞憂(きゆう)だったらしい。

「君、強いらしいね。昨日の活躍は聞いているよ」

ハロウィーを助けた話のことだろう。

クラウスの耳にどう入ったのか知らないけれど、少なくともこいつは好意的に解釈してくれたらしい。

それと、あの男子生徒五人は一週間の謹慎処分になっている。

甘過ぎる気もするけど、俺とハロウィーが無傷だったので、未遂として処理されたらしい。

「それでどうかな？　僕としては、ゴーレム使いとしての君に興味があるんだけど？」

正直、少し悩んだ。

何せ断る理由が無い。

クラウスの人柄は良さそうだ。俺を元貴族だからと差別はしないだろう。

戦力としても申し分ない。

それに平民科生徒の憧れであるクラウスの仲間になれば、俺やハロウィーへの風当たりも変わるはずだ。

ハロウィーの安全を確保できるのは大きい。

けど、すぐには返答できなかった。

「悪いけど、俺の一存じゃ決められないな。もう組んでいる仲間がいるんだ。仲間の許可も取らないと。誘ってくれてありがとう」

そう言って、俺は残りの紅茶を飲み干して席を立った。

ハロウィーも紅茶を飲んで席を立つ。

ノエルも、それに続いた。

三人とも、ゴーレムを抱えたままだった。

俺がカフェを出て平民科校舎に入って少し歩くと、ハロウィーが声をかけてきた。

「ラビ、わたしはここにいるのにどうしてあんなこと言ったの？」

首をかしげるハロウィーに、俺は説明した。

「あの場じゃ断りにくいだろ？」

「え？」

「本当は嫌でも、相手は平民科スター生徒のクラウスだ。断りにくいじゃないか。ましてみんなの見ている前だ。せっかくクラウス君が誘ってくれたのに生意気だ、なんて思われたらハロウィーが困ると思ったんだよ」

ハロウィーは全てを察したようにまばたきをしてから、ほにゃっと笑ってくれた。

「ありがとう。ラビって優しいよね」

「優しいっていうか、経験値だな」

「……ラビ、変わったな」

探偵のように鋭い視線で、ノエルが呟いた。

「変わった？　あー、僕じゃなくて俺のことか？」

前は貴族っぽく自分のことを僕なんて言っていたけれど、前世の記憶を思い出した今は、俺のほうが性に合っている。

「それもそうだし、ラビが優しく公平で側にいて癒されるのは私も同意だ」

——そこまでは言ってないと思うんだけど？

「だが今回のように、理論立てた感じではなかったように思う。前はもっとこう、可哀想だったからとか、感情的に動いていただろう」

言われてみればそんな気がする。

自律型ゴーレム生成スキルと一緒に前世の記憶を得てから、妙に理屈っぽい。

「ゴーレムが魔獣型っていうだけで追放されたおかげだよ。苦労は人を成長させるのさ」

と、自嘲気味に誤魔化した。

前世の記憶については、おいおい話していこうと思う。

「そうか、じゃあ私は一度寮に戻るからまた後で話そう」

「わたしも一度女子寮に戻るね」

「その前にゴーレムを置いていけ」

二人はかわいく舌打ちをした。

同じ舌打ちでも、さっきの貴族科生徒とは雲泥以上の差があった。

◆

翌日の午後。

俺はまた、ダンジョンを訪れていた。

今日は複数のクラスと合同訓練なので、ダンジョンの入り口には大勢の生徒たちが集まっていた。

一年生になったばかりの生徒たちで正式なチームを組んでいる人は少数だ。

みんな、今日も今日とて仮チームメンバー選びに忙しそうだ。

ただし、最初から示し合わせたように組んで固まり、時間が過ぎるのを待っている連中もいる。

きっと、中等部からの付き合いで将来はあのメンバーでチームを組むのが決まっているのだろう。

「ねぇクラウスくぅん、あたしと組もうよぉ」

「いや、今日はオレと組もうぜ！」

「私と貴方(あなた)なら、良いチームを組めると思うのですがどうでしょうか？」

早くも見慣れた光景に、俺は軽く溜息(ためいき)を吐(つ)いた。

「やれやれ、相変わらず人気だな」

「そうだねぇ」

俺の隣で、ハロウィーも頬をかいた。

俺らの視線の先にいるのは当然、平民科首席でみんなのヒーロー、クラウスだった。

「ごめんねみんな。君たちの期待には応えたいんだけど、今日は先約があるんだ。ラビ」

クラウスは俺らに向かって軽く手を上げると、親し気に歩み寄ってきた。

「昨日の申し出を受けてくれてありがとう。今日は有意義な時間を過ごそうか」

「ああ。こっちも頼む」

利用するようで悪いけど、クラウスとの共闘はこちらもメリットが大きい。

クラウスも俺の戦力が目当てみたいだし、お互い様だろう。

「それで、昨日言っていた仲間はどこだい？」

「この子だよ。ハロウィー」

「うん。わたしハロウィー。武器は弓で後方支援を務めるよ。ただ得意なのは狙撃だから、速射は期待しないで」

「ハロウィーを守る壁役はこいつらが担うから、クラウスは前の敵に集中してくれて大丈夫だぞ」

俺の足元で、イチゴー、ニゴー、サンゴー、ヨンゴー、ゴゴーがバンザイポーズを取った。

俺としてはハロウィーが足を引っ張ることはないと懸念点を払拭したつもりだけど、クラウスは不思議そうな顔をした。

「……昨日、隣にいた子だよね？　どうして、いや……」

クラウスはふと、視線を伏せて思考にふけった。

それから、何かを悟ったように顔を上げて、穏やかに笑った。

「なるほど、そういうことか。ラビ、君は優しいね。僕が思っていた以上だよ」

どうやら、クラウスは他人の気持ちに聡いらしい。

そして、かなり頭の回転が速い。

「なんか見透かされているみたいで恥ずかしいな」

「ごめんよ。けど君にはその美点を大切にして欲しいな。そしてラビに大切にされているハロウィーも、きっといい人だ」

歯の浮くような恥ずかしいセリフを真顔でスラスラと口にするクラウス。

けれど、そこに芝居がかった雰囲気はまるでなく、何もかもが自然過ぎた。

きっと、これが素なんだろう。

本人にキザの認識は無いに違いない。

「じゃあちょっとついてきて。先生に下階層へ下りる許可を貰うから」

「え？」

わけがわからないまま背中を追うと、本当にクラウスは自分の担任から下の階層へ下りる許可を取っていた。

担任も、十五レベルのクラウスが地下一階をぶらぶらするのは時間の無駄だと、すんなりと許可を出す。

そのやり取りだけで、クラウスは平民科の生徒でありながら、先生からの信頼も厚いことがわかる。

——世の中って不公平だなぁ。

天は二物を与えずということわざがあるけれど、あれは絶対に嘘だと思った。

◆

体感でおよそ五分後。

地下一階を最短距離で駆け抜けた俺らは、フロアボスの部屋の前にいた。

岩造りの壁面に設えられた左右両開きの鉄扉。

その中央には、何か紋章めいたレリーフが刻み込まれていた。

「よく迷わなかったな」

「昨日の演習で来た時に場所を覚えておいたからね」

——どんな記憶力だよ……。

俺には考えられない地形把握能力である。

「じゃあ扉を開けるけど、安心していいよ。フロアボスのレベルは階層プラス十。つまりここのボスのレベルは十一だ。やろうと思えば、僕一人でも倒せる。ボスには悪いけど、僕らの相性を見るための練習台になってもらおう」

言いながら両手で扉を押し開ける。

すると、部屋の中は石畳ではなく土の地面だった。

広い、ホールのような部屋の中央に、高さ四メートルほどの樹が生えている。

ボスはどこだと俺が目配りしながら部屋に入ると、樹の幹が裂けて、絶叫が響いた。

「■■■■■■■■！」

目のように開いた二つの穴の奥に不気味な光が宿り、太い枝が腕のようにうごめく。

植物型魔獣のトレントだ。

力と防御力は高い半面、動きは鈍い。

「まずは、誘った僕の力を見てもらおうかな」

「■■■■■■」

トレントが枝葉を揺すりながら襲ってきた。

足は遅いけど、巨大な樹木が迫ってくる圧迫感は凄まじく、やや腰が引けた。

けれど、クラウスは腰の剣を抜くと、果敢に切りかかった。

「遅いよ」

クラウスが上段から一息に振り下ろした斬撃が、トレントの左腕を切断した。

「■■■■■■■■■■！」

トレントが激昂する一方で、クラウスは落ち着き払って壁際まで引いた。

「これでトレントの戦力は三割減といったところかな。さぁラビ。今度は君たちの力を見せておくれ」

「あぁ。行けみんな！」

『わかったー』

イチゴーからゴゴーまでのゴーレムをストレージから出した俺は、全員に突撃を指示した。

イチゴーたちは次々トレントにロケット頭突きをかましていく。

そのたび、トレントは表皮を弾けさせながら、体をよろけさせて怯んでいく。

――こいつ、マーダー・ホーネット・クイーンよりも弱いな。

「ッ」

次の瞬間、ハロウィーの放った矢が狙い過たず、トレントの目に命中した。

植物のトレントにとって、口はただの捕食器官でしかない。

ただし、目には命の根源が通っていて、弱点とされている。

トレントは足となる根の動きを止め、その場から動かなくなった。

『かったー』

メッセージウィンドウがイチゴーたちの勝利コメントに溢(あふ)れる。

喜びを表すように一糸乱れぬ動き——やっぱりニゴーだけちょっと遅れている——でくるくるころころとダンスを踊り始めた。

するとトレントの死体が消えてストレージ送りになった。

その様子に、クラウスがきょとんとした。

「あれ？」

「ごめんクラウス。おいおいイチゴー、クラウスも一緒に戦ったんだから、勝手に回収したら駄目だろ？」

『ごめんー』

ダンスを中断して、イチゴーはぺこりと頭を下げた。

「もしかしてそのゴーレム、アイテムボックススキル持ちなのかい？」

本格的にチームを組むまでは秘密にしたかったけど、バレたら仕方ない。

「まぁな。と言っても本職のアイテムボックススキルの劣化版だよ。あくまでも自律型ゴーレム生成スキルの派生でゴーレムを作る素材を保存するためのものなんだ。あと、収納できるのは自分の物と誰にも所有権の無い物だけだから、泥棒はできないから安心してくれ」

物を異空間に収納できるアイテムボックス系スキルは多くの人の憧れであると同時に、誤解を受けやすいスキルでもある。

つまり、お店の商品をこっそりとアイテムボックスに入れていないかと。

でも、そんなことができたらとんでもない。

それこそ、戦闘中に敵の武器をアイテムボックスに収納して強制武装解除ができてしまう。

「知っているし、君がそんなことをするような人だとも思っていないよ。それから素材は君が貰ってくれ。僕の誘いに乗ってくれたお礼だよ」

「随分と気前がいいな？」

地下一階とはいえ、一応ボスなので、素材にはそれなりに価値がある。

「僕はお金やアイテムの為にダンジョンに潜っているわけじゃないからね」

生活のために命がけでダンジョンに潜っている人たちを敵に回しそうな言葉だけど、天才イケメンが堂々と言うと、文句を言う気力も無かった。

「じゃあせめて剣が手に入ったら貰ってくれないか？」

「いらないよ。僕には父さんの形見があるからね」

思い出をなつかしむようにやわらかい声で、クラウスは右手の剣を見下ろした。

父親が死んでいることをどうフォローすればいいのか、俺は言葉に困った。

すると、クラウスはまるで俺に助け船を出すかのように話題をくれた。

「僕が今日、ここに来たのはラビ、君と話したかったからさ」

「？　それってどういう意味だ？」

「……時間がもったいない。歩きながら話そうか？」

クラウスがそう言うと、ボス部屋の壁が開き、地下二階へ下りる階段が現れた。

下階層へ下りる階段は通路の途中にあった。

けれど、下り階段が複数存在するダンジョンもあるし、どのダンジョンもボス部屋には必ず階段があるらしい。

王立学園のダンジョンも、その例に漏れないようだ。


階段を下りながら、クラウスは静かに尋ねてきた。

「なぁラビ。君はどうして、実家を追放されたんだい？」

なかなか踏み込んだ質問に、俺はクラウスへの評価に悩んだ。

ちょっと天然だとは思ったけれど、こんなデリカシーの無い質問をしてくるとは思わなかった。

他人を気遣える人だと思っていたけど、違ったのか。

けれど、そんな俺の意さえ汲み取ったのか、クラウスは続けた。

「失礼なことを聞いている自覚はある。普段ならこんなプライベートな質問はしないよ。でもね、どうしても聞いておきたいんだ。貴族に生まれながら、その身分を剝奪されてしまう理由を」

　何か深い事情がありそうな語調に、俺も真摯に向き合った。

「それは、どうしてだ？」

「貴族を追放された君だから話すけれど、僕は昔から、【身分】というものに疑問があったんだ」

　異世界人らしからぬ言葉に、俺は嫌でも異世界転生者ではないかという疑念が頭をよぎった。

　地下二階に下りたクラウスは駆け足になり、向かってくる魔獣を次々剣で切り伏せながら、淡々と語り始めた。

「身分は生まれながらに決まっている。そして人は生まれを選べない。なのに人の一生は身分で決まってしまう。これは、人の一生は最初から決まっているということ。あらゆる努力や理想を踏みにじる悪魔の呪いだ」

　ゴブリンやスライム、ホーンラビットを切り伏せ、フリントマウスを蹴り飛ばし、クラウスは先へ進んだ。

「まるで才能やスキルと同じだ。神が最初から人に与えた運命だ。水が上から下に流れ落ち、太陽が東から昇り西へ沈むような、覆しようがないこの世の理(ことわり)だ」

　ウォーターリーパーを切り飛ばしながら、けどね、と続けた。

「教会で神官様から歴史の授業を受けていた時に知ったんだ。僕の故郷を治める領主様の家は、二〇〇年前の戦争で徴兵された初代様が手柄を立てて平民から取り立てられて誕生した貴族だって。幼い僕は思ったよ『身分て変わるの？』ってね」

クラウスは演説をするように、朗々と語り始めた。

「だってそうじゃないか。太陽は西から昇らない。水は上に落ちない。だけど身分は平民が手柄を立てて貴族になったり、貴族が没落して平民になる。平民が貴族になったら何が変わるんだい？　翼が生えて空が飛べるかい？　未来を予知できるかい？　神様とお話ができるかい？　答えはＮＯだ！」

語気を荒らげながら、クラウスは岩のような表皮を持つトカゲ、ロックリザードを断ち割った。

「平民から貴族という高等種族に転身したわけじゃない。今日から君は貴族だと叙勲された途端強くなったわけでもない。平民のまま貴族以上の功績を上げたなら、身分と能力は無関係ということになる。そして身分が組織の階級のように能力で決まるなら、親が貴族というだけで生まれながらに貴族の連中ってなんなんだ？」

普段の涼やかな彼からは想像できない、苦痛に耐えるような、悲しみを背負った声は熱を帯び、振るう剣も勢いが増していく。

「身分が神の定めたこの世の理なら、言葉一つで身分を変えられる王族や上級貴族は神様なのかい？　そんなわけもない。平民も貴族も、そして王族だって同じ人間だ。つまり身分というのはこの世の理でもなんでもない、ただの【言葉遊び】。もしくは子供の鬼ごっこの鬼役同様、ただの役柄でしかないんだよ！」

「……」

俺はクラウスの言葉に聞き入ると同時に、自分を恥じた。

クラウスは何の苦労も挫折も知らないキラキラエリート様だと思っていたけどとんでもない。

こいつも俺と同じ、色々な苦悩を抱えて生きているんだ。

俺が自省すると、第二階層のボス部屋に辿り着いた。

昨日、イチゴーたちが倒したワーラット・メイジがいる部屋だ。

ワーラット・メイジは弱かった。

メイジ、魔法使いらしく火炎魔術を使ってきたけれど、クラウスの冷気魔法で相殺。

それからイチゴーたちで袋叩き(ふくろだた)きにして、トドメにハロウィーの矢で喉を貫けば簡単に倒せた。

ワーラット・メイジの素材には目もくれず、クラウスは地下三階へ下りる階段の前で立ち止まった。

「だけど、みんなその言葉遊びに支配されている。誰かが作った、ありもしない制約にみんな縛られている」

肩越しに語るクラウスの口調は、とても冷淡だった。

それはまるで、さっきまでの感情的な自分を恥じるようにも見えて、彼の自制心の高さが伝わってくる。

「だから僕は身分について研究しているんだ。身分はいつどこで誰が何のために作ったのか。どういう仕組みで人の身分は変わるのか。何故、人は身分を信じ逆らえないのか。そこに、全ての人が幸せになれるヒントが隠されていると思うんだ」

彼の言葉で、クラウスが転生者ではないことがよくわかる。

――クラウスは、織田信長や坂本龍馬だ。

ほとんどの人は、時代の価値観に異を唱えない。

だけど、誰もが思考を停止させて、そういうものだと疑問を持たずに過ごす事柄に、彼は論理的思考で真っ向から否定できる。

もしかすると、クラウスは歴史に名を残すかもしれない。

「だから知りたいんだ。ただの好奇心じゃない。伯爵貴族家に生まれた君がどうして家を追い出されたのか。君みたいな誠実な人が、まさか家庭内トラブルや放蕩三昧で家を追い出されたわけじゃないんだろ？　噂は聞いているけど、本当のことを知りたいんだ」

クラウスの真摯な問いかけに、俺は素直に答えた。

「噂通りだよ。聖典に出てくる魔王と同じ、授かったスキルが魔獣型ゴーレム使いだったから。それだけだよ」

「でも、君のゴーレムはこんなに強いじゃないか」

ハロウィーと同じ反応。

やっぱり、良識的に考えればそうなるだろう。

「強さは関係ないよ。ゴーレムに必要なのは、どれだけ人間に近いかだからな。魔王と同じ魔獣型ゴーレムは邪道、女神と同じ人型ゴーレムは崇高。それが貴族社会の共通認識だ。実際、動物型のゴーレムを使う人への差別意識は根強いしな」

もっとも、俺は二足歩行するイチゴーたちを魔獣型だとは思っていない。

けれど、貴族にとっては違うらしい。

ハロウィーにも説明したことを、俺は繰り返した。

「馬鹿げているだろ？　だけど貴族社会の思い込みは筋金入りだ。貴族は体面を重んじる。敬虔な信徒ぞろいの貴族社会で、神への反逆者たる魔王と同じスキル持ちは一族の恥なんだよ」

「酷い話だね……」

クラウスは深く共感しながら、地下三階層への階段を下りていった。

「でもそうか、やっぱり一族のメンツとスキルは身分を変え得るんだね。歴史上、勇者スキルを授かった人が王族になった例もある。でも、逆は悲しいな」

地下三階に下りたクラウスは、通路の奥から走ってきた赤毛の犬、ヴァーミリオンドッグの口に剣を突き刺し、喉から後頭部にかけて串刺しにする。

死んだ証拠に、串刺し死体は俺のストレージに入った。

「信賞必罰。功績を上げた人が昇進して、罪を犯した人が降格される。僕もそこには一定の理解はある。でも君は何も悪いことをしていない。これもまた自分では決められない、スキルという神からの授かりもので降格されてしまっている。まるで、存在そのものが罪だと言わんばかりじゃないか」

悲壮感漂う表情で、ぎゅっと剣を握りしめながら、クラウスは言った。

「僕はそういうのが嫌いなんだ。君みたいな人の為にも、やっぱり、身分の謎を解き明かす必要がある」

「……ありがとうな」

クラウスの共感と同情が嬉(うれ)しい半面、彼に危うさを感じた。

彼のような理想主義者は、成功すれば歴史に名を残す偉人になれる半面、脆(もろ)く壊れやすくもある。

今は主席のスター生徒だけど、この先の人生で何か大きな壁に阻まれたら。

理想を失ったら、クラウスはどうなってしまうのだろう。

ハロウィー同様、彼のような人には幸せになってもらいたい。

幸い、クラウスは誰もが憧れる魔法剣士スキルを持っている。

そう簡単に挫折するとは思えない。

だけど、人生はわからない。

彼が勇者スキルを持った人と対立したら、強さに関係なく、貴族の権力で大切なものを奪われたら。

そんな最悪の未来を想像してしまう。

俺が不安を抱えながら到達した三階層のフロアボスは、オオヒクイドリだった。

身長三メートルの巨大ヒクイドリで、素早い身のこなしで壁を走る、なかなかやっかいな敵だった。

とはいえ、レベルはせいぜい十三。

魔法剣士であるクラウスが凍(い)てつく斬撃を当て、凍り付き壁から落ちてきたオオヒクイドリをイチゴーたちがフルボッコにすれば倒せた。

続く地下四階層のフロアボスはリザードマン。

金属製の鎧で全身をがっちりと武装し、重厚な盾と湾刀が印象的だった。

けれどこれも、まずはクラウスが雷撃をまとった剣の一撃で鎧越しに感電させ、さらにハロウィーの矢で喉を貫いた。

それでも死なない生命力は爬虫類特有のものだろう。けれど、大きく消耗した体ではイチゴーたちには勝てなかった。

そしてダンジョンに潜ってから一時間とかからず、俺らは地下五階層のボス部屋に辿り着いた。

「すごぉい、わたしたち、こんなところまで来ちゃった……」

ほえー、と驚くハロウィーと一緒に、イチゴーたちもボス部屋の扉を茫然と見上げていた。

「わたし、昨日まで一緒に戦ってくれる仲間もいなかったのに、これもラビのおかげだね」

「それを言うならクラウスのおかげだろ？」

「謙遜しなくていいよ。僕はボスに一撃ずつしか加えていない。魔獣たちの露払いも、君のゴーレムたちがいれば問題なかった、そうだろ？」

「それは……」

「謙虚なんだね、ラビ。僕は君のそういうところが好きだよ」

俺が言いよどむと、クラウスは好意的に微笑んでくれた。

「あと告白させてもらうとね。実は今日、君らを誘った理由はもう一つあるんだ」

ボス部屋の扉を見つめながら、クラウスは神妙な声を出した。

「先輩からの情報だと、五階層のボスは高い魔法耐性を持つ動く鎧、カースメイル。僕の天敵だ」

「天敵って、魔法が使えなくても剣があるだろ？」

「ちょっと違うかな。よく勘違いされるけど、魔法剣士は剣士や魔法使いの上位互換じゃない。魔法効果を持った斬撃で戦う剣士だ」

「それって上位互換じゃないのか？」

俺がまばたきをすると、クラウスはかぶりを振った。

「いや、その戦闘技術、戦術理論は、魔法効果があることを前提に構築されている。これまでだって、炎が効かないヒクイドリ相手に冷気の斬撃を、金属の鎧で身を守るリザードマンに雷の斬撃を浴びせて勝ってきた」

「つまり、相手の弱点魔法で隙を作るのが前提になっているんだな？」

「そうだね。けれど、最初から剣一本で戦うのが前提になっていると、僕の強みが活かせないんだ。魔法剣士スキルに目覚めたのは最近だけど、僕は子供の頃から剣と魔法、両方の修行をしてきたから、剣だけの戦いに慣れていないんだ」

「ただの剣術勝負なら、騎士の魔獣のカースメイルも負けていない、か」

「うん。そしてレベルも僕と同じ十五。僕の見立てでは、実力はほぼ互角。つまり、運が悪ければ僕の負けだ」

レベルが同じ剣士二人が斬り合えば、どちらかが死んでもおかしくはない。そこで、俺らの出番というわけか。

「確かに、ゴーレムの拳に魔法耐性は意味ないよな？」

イチゴーたちへ視線を下ろすと、みんな短い腕でシュッシュとシャドーボクシングを始めた。

『じゃぶじゃぶすとれーとー』

『わんつー、わんつー』

『うつべしうつべしなのだー』

『はいきっくっす』

ヨンゴーが短過ぎる足を上げて、こてんと尻もちをついた。かわいい。

ゴゴーは待ち疲れたのか床に寝転がっていた。マイペース。

「それにハロウィーの弓もあるしな」

「うん、掩護（えんご）は任せて」

ハロウィーは意気込みを表すように、ちっちゃい拳を作った。

「頼りにしているよ。じゃあ、開けるよ」

表情を引き締めて、クラウスは扉を左右に押し開けた。

広い、石造りのドーム型天井の下、両手で剣の切っ先を石畳に突き立て、部屋の中央に鎮座する甲冑（かっちゅう）が佇（たたず）んでいた。

全身に無数の傷痕が刻まれた、古めかしいアンティークアーマー。

それ故に、まるで今は亡き古代の王に仕える騎士の亡霊にも見えた。

「」

虫の足音さえ聞こえそうな静謐な空間に、鎧が動く金属音が響いた。

カースメイルは剣を引き抜くと素早く中段に構え、王墓を守る騎士のように立ちはだかった。

レベルは十五。

一年生の俺たちには十分過ぎる強敵だ。

鋭い緊張感に心臓が高鳴る俺に、クラウスは呼びかけた。

「ラビ、前衛は僕が担当する。ゴーレムであいつの動きをかき回してくれ。ハロウィーは隙を見て掩護を頼む」

「わかった」

「任せて」

俺らの返事を聞いてから、クラウスは電光石火の勢いで駆け出した。

「喰らえ！」

クラウスが剣を横薙ぎに振るうと、巨大な炎の斬撃が奔った。

けれどカースメイルはそのまま直進してきた。

炎は鋼の鎧に当たり、掻き消える。

カースメイルは他のフロアボスを葬れる一撃を一顧だにせず、クラウスに斬り掛かってきた。

「ッッ」

重たい一撃を剣で受け止め、白刃同士が赤い火花を散らした。

「やっぱり、事前情報通り魔法は効かないのか……焼けた跡がまるで無い……」

力比べの鍔迫り合いには付き合わず、クラウスは剣を傾けて右へ受け流すと、素早く柄頭でカースメイルの腹を打った。

「■■」

鎧の体がたたらを踏んだ。

そこへ、イチゴーたちが殺到した。

鋼の背中にロケット頭突きが二発、三発とクリーンヒット。

さらにゴブリンたちを蹴散らした側転、大車輪体当たりが足を払う。

バランスを崩したカースメイルの胸板を、クラウスの剣が大きく斬り上げた。

「■■■■」

ガシャンと大きく金属音を立てながらカースメイルがのけぞると、ハロウィーが鋭く息を吐いた。

同時に放たれた正確無比の一撃は、カースメイルのフルフェイスメット、そのバイザー部分を直撃した。

弾き飛ばされた兜が宙を舞い空っぽの中身があらわになった。

首無し鎧となったカースメイルの動きが一瞬止まった。

目が無いのにどうやって見ているのか不明だったけれど、兜が何かしらの役割は果たしていたのだろう。

カースメイルは無防備にクラウスの剣を受けた。

「■■■■■■■」

クラウスの剣は止まらず、二撃、三撃、四撃と縦横無尽にカースメイルへ撃ち込まれていった。

魔法耐性がある分、物理強度はそれほどでもないらしい。

五月雨式の連撃にカースメイルの装甲は裂け目だらけになり、ついには糸の切れた操り人形のように崩れ落ちた。

「やったねラビ♪」

両手でグーを作りながら、ハロウィーは俺を見上げて笑顔を見せてくれた。

クラウスも、剣を下ろして息を吐いた。

「ふぅ、なんとか勝てた。ありがとうラビ、これも君らのおかげだよ」

「あ、あぁ」

「どうしたのラビ？　嬉しくないの？　わたしたち、五階層のボスに勝ったんだよ？」

ハロウィーがきょとんと首をかしげた。

「そうなんだけど……リザルト画面が出るの遅くないか？」

「え？」

見れば、イチゴーたちも勝利のダンスを踊らない。

無表情だけれど、イチゴーは不思議そうにカースメイルの残骸を眺めている。

メッセージウィンドウが動いた。

『しゅうのうできなーい』

「まさか!?」

「ッッ!?」

クラウスが剣を構え、鎧から三歩退いた。

「■■■■■■」

ガチャガチャという鎧の金属音。

それは、毎秒強く、激しく鳴り、そしてカースメイルが跳ね起きた。

「うわぁっ!?」

ハロウィーも一歩退いた。

俺の指示も無く、サンゴーがハロウィーを守るように前に並んだ。

「■■■■■■■■■■」

カースメイルが変形していく。

その姿は、まるでトランスフォーム玩具を彷彿(ほうふつ)とさせた。

鎧が開き、組み代わり、中から新しいパーツが飛び出し、腕は四本に増え、兜からは禍々(まがまが)しいツノが生えてくる。

その異様に、俺は昔を思い出した。

「まさか、隠しボスって奴か?」

「なにそれ?」

「家庭教師から聞いたことがある。ダンジョンには、一定の条件をクリアした時だけ姿を現す特別

なボスがいることがあるって。それは第二のボス部屋があることがあれば、今回みたく本来のボスが進化することもあるらしい」

「じゃあわたしたちが今の戦闘でその条件をクリアしたってこと!?」

やや慌てながら、ハロウィーは声をうわずらせた。

「ああ。時間か、人数か、使ったスキルか、それはわからない。だけど問題は、隠しボスは本来のボスよりも圧倒的に強いってことだ」

家庭教師曰く、最低でもプラス五レベル。

つまり。

「あいつの推定レベルは二〇。三年生のトップクラスと同格だ」

「■■■■■■■■■■■■■■■■!!!」

真カースメイルが襲い掛かってきた。

風切り音を巻き起こす電光石火の踏み込みは、一歩でクラウスとの距離をゼロにした。

「ッ!?」

限りなく条件反射に近く見えるガードで防ぐも、クラウスの体は吹き飛ばされた。

いや、自らうしろに飛んで威力を殺したのかもしれない。

「速い、そして重い！　だけど何よりも……」

息を呑むクラウスと俺の視線の先で、真カースメイルは四本の腕を掲げた。

その手、一つ一つに、漆黒のロングソードが握られていた。

「手数が違う」

「■■■■■■！」

呪詛のように金属音を鳴らしながら、真カースメイルが突進してきた。

その烈風のような威圧感に耐えながら、俺は叫んだ。

「イチゴー！　取り囲んで攻撃だ！」

『がんばるー』

『ぎょい』

イチゴーとニゴーを先頭に、ゴーレムたちが真カースメイルに体当たりをしていく。

だけど、四本の腕はそのことごとくを弾いていく。

こちらは五人。

向こうの剣は四本。

けれど、流れるように縦横無尽の軌道を描く剣は、一振りで二人のゴーレムを斬り飛ばした。

「剣術も一流かよ……」

オーバースペックに歯を食いしばった。

それにイチゴーたちのダメージも無視できない。

さすがはゴーレム、ボス魔獣の斬撃にも耐えている。

けれど、イチゴーたちの体には浅い切り筋が残されていた。

「ゴーレムは離れてくれ！」

言うや否や、クラウスは上段に構えた剣を一息に振り下ろした。

白銀が床を駆け抜け、真カースメイルを飲み込んだ。

同時に白い霧が周囲に立ち込め、視界が消えた。

「冷たッ!?」

ハロウィーの小さな悲鳴。

指と頬を切り裂くような冷気に、俺も背筋が震えた。

「僕の奥の手、フリージングウェイブだ。進化して別の魔獣になっていれば魔法が効くはず。魔法耐性が据え置きでも、氷の牢屋(ろうや)に囚(とら)われて動けなくなるはずだ」

流石は一年首席の魔法剣士。

魔法選びのセンスは抜群だ。

やがて白い霧のような冷気が晴れ、真カースメイルが顔を出した。

クラウスの思惑通り、そこには氷の中に閉じ込められた四本腕の鎧姿があった。

「「よしっ」」

確かな手ごたえに、俺とクラウスは同時に声を上げた。

けれど有利の悦(よろこ)びは一瞬。

氷の塊にひびが入り、ガラスのように粉々に砕け散った。

「■■■■■■■■■」

「ッ、ダメか……」

万策尽きた。

クラウスの魔法は効かない。

ゴーレムたちは斬撃の嵐を突破できない。

同じ理由で、ハロウィーの矢も通じないだろう。

あの激烈な打ち込みを連続で浴びせられれば、クラウスでも持たない。

あいつに勝つのは、現実的に不可能だった。

「仕方ないクラウス。ここはいったん逃げよう！」

『ドアがあかないのです』

「はっ!?」

振り返ると、ゴゴーが入ってきたドアに触れたまま、足を滑らせていた。

クラウスがハッとする。

「まさか、こいつを倒さないと開かないのか？」

「閉じ込められたってことか？」

これも前に家庭教師から聞いた。

ボス部屋には、稀にボスを倒さないと出ることができないものがあるらしい。

ハロウィーだけでも逃がさないと。

そう思って首を回すと、彼女は俺を見ていなかった。

彼女の視線の先にあるもの、それは。

「シッ」

空手の息吹のように短く息を吐いたハロウィーの手から、弾丸のようにして矢が放たれた。

圧縮された魔力を帯びた、閃くような刹那の射撃を、だが真カースメイルは己の間合いに入ると同時に斬り払った。

「正面からじゃダメみたい。どうするラビ？　なんとかあいつの隙を作らないと」

闘志に燃えた瞳で俺を見上げながら意見を仰いでくるハロウィー。

彼女からは、少しの絶望も感じなかった。

そして彼女は小声で何かを呟いていた。

「思い出してわたし。家畜を狙ったレッドハウンドが家に来た日のことを！　畑の作物を狙ったオオキバジカが来た日のことを！」

――頼りになるな。

俺はどこかで、ハロウィーのことをヒロイン扱いしていたんだと思う。

クラスメイトにいじめられて一人ぼっちの彼女を俺が助けるんだと、ヒーロー気取りですらあった。

だけど違った。

ハロウィーは守られるヒロインでもお姫様でもない。

この子は超一流の女主人公だった。

「ありがとうなハロウィー。お前のおかげで元気が出たよ」

「？　よくわからないけどどういたしまして。それでどうする？」

「そうだな……イチゴー、ニゴー、サンゴー、ヨンゴー、ゴゴー、お前らはクラウスと一緒に足止めに専念してくれ！」

『わかったー』

俺の指示でイチゴーたち五人は防衛に徹しながら、真カースメイルをかき回した。

真カースメイルの周りをちょこまかと動き、斬撃を避け続けながらも自分たちを無視できないよう、攻めるフリをし続ける。

クラウスも、真カースメイルの真正面に立って剣を振るった。

四本の腕から放たれる激烈な打ち込みの嵐に、クラウスは防戦一方。

それでも立ち続けられるのは、手数の多くがイチゴーたちに回っているからだ。

——六人がかりで拮抗（きっこう）するのが精一杯。巧（うま）くて速い攻撃が毎瞬四回。チートかよ。

自分のスキルを棚上げにして、つい悪態をついてしまう。

「シッ」

ハロウィーの射撃が炸裂（さくれつ）。

イチゴーたち五人とクラウスの剣撃に紛れた七つ目の攻撃。

真カースメイルの剣は全て振り切っている。当たる。

そう確信した直後。

「■■■」

真カースメイルは、まさかのヘッドバッドで射撃を弾いた。

「嘘!? なんで効かないの!?」

額への直撃。

人間なら致命傷なのだが、そこで俺はハッとした。

「そっか、あいつ鎧なんだ」

「どういうこと?」

必殺必中の一撃を弾かれたハロウィーが、緊迫した声で俺を見上げてきた。

「どれだけ屈強でもあいつが人型魔獣なら頭は急所だ。けど、あいつは鎧。むしろ生物の急所を守るための物。つまり頭を守る兜は急所どころか一番頑丈な部分だ！」

「そんな……ッ」

ハロウィーが悔しそうに歯を食い縛った。

俺も、自分の無力が恨めしかった。

だけど、俺の剣術は貴族の教養で身に付けたお坊ちゃま剣術。

到底敵(かな)うものではない。

あの場に飛び込めば、むしろクラウスの足を引っ張るだけだ。

「■■■■■■■■■■■」

「ツッッ、負ける、ものか……」

イチゴーたちと協力しながら必死に食い下がるクラウスも、いつまで持つかわからない。

――どうすればいいんだ。

俺が頭を抱えると、ハロウィーも苦い声を漏らした。

「剣さえなければ……でもさすがに指に当てて剣を落とすのは無理だよね……」

あんな超高速で動き回る四つの手を捉えるなんて、いくらハロウィーでも無理だろう。

だけどハロウィーの言う通りだ。

真カースメイルは斬撃攻撃しかしてこない。

剣さえなければ…………？

そこでふと、俺は天啓を得た。

「そうか……あいつ斬撃しかできないんだ……」

「どうかしたのラビ？」

「ハロウィー！」

彼女の肩をわしづかみ、強く頼んだ。

「あいつの膝に魔力圧縮の矢を射続けてくれ！」

「膝？　関節を狙うっていうこと？」

「そうだ。イチゴーやクラウスたちのおかげで、あいつはあの場からあまり動かない。膝なら狙えるだろ？」

「いいけど、膝が動かなくなっても鎧にダメージは無いんじゃないかな？」

首をかしげながらも、ハロウィーは時間をかけて魔力を圧縮。

矢の狙いをわずかに下げて、そして放った。

イチゴーを斬り上げ、真カースメイルの腕が上がった隙を突き、矢は膝を直撃した。

膝パーツは矢を弾くも、超高熱で僅かに歪んだ気がする。

続けて、一分ごとに二撃目、三撃目とハロウィーの矢じりが真カースメイルの右膝を打ち続けた。

それでも、多少膝の動きが悪くなったところで真カースメイルの剣撃に影響は無かった。

元よりその場から動かず、不動でクラウスたちの相手をしているし、筋肉や骨関節の無い鎧人形だ。

大きく曲げたり伸ばしたりしなければ、問題は無いのだろう。

——そろそろいいか。

俺は真カースメイルに向かって疾走しながら声を張り上げた。

「みんな、足にまとわりつくんだ！　クラウスは退け！」

「わかった！」

真カースメイルとクラウスが十メートル以上離れたところで、俺とすれ違った。

——よし、射程に入った！

直後、俺はストレージスキルと同時に、再構築スキルを発動させた。

作るのはどこまでも単純な壁、土石の塊。

縦横七メートル、厚み四メートルの壁を、真カースメイルに倒れ込む角度で生成した。

巨大な青いポリゴンから、巨大な壁、むしろサイコロが、真カースメイル目掛けて倒れ込む。

歪んだ膝、足にまとわりつくイチゴーたち。その場からの素早い離脱など望むべくもない新カースメイルが取れる行動は一つだけ。

「■■■■■■■■■■」

壁に対する斬撃の応酬。

だけど無駄だ。

斬れ味は関係ない。

壁の厚みは四メートル。

剣身全てを使っても切れ込みを入れるだけだ。

「■■ッッッッ！！！！」

大岩が金属をひしゃげ潰すような、不気味な音を響かせながら、壁はその身を横たえた。

ドーン、という重低音の衝撃がボス部屋を駆け抜け、心臓の奥に鈍く伝わるのを感じた。

「ッッ、みんな！」

両手で耳を塞ぎながら、目をしぼったハロウィーが悲鳴を上げた。

一方で、俺は歯を見せて笑った。

「大丈夫だよ。みんなは俺のゴーレムだ」

心配するハロウィーの目の前で、床にストレージの赤いポリゴンを展開させた。

中からイチゴー、ニゴー、サンゴー、ヨンゴー、ゴゴーがコロコロと転がり出てきた。

『ただいまー』

『きかん』

『かえったのだー』

『あやうくつぶされるところだったっす』

『ドキドキしたのです』

「みんなぁっ！」

ハロウィーは目を潤ませ、イチゴーたちに抱き着いた。

「うぅ、よかったぁー」

「まさか、あんな方法でカースメイルを打ち破るなんてね。恐れ入ったよ」

剣を腰の鞘に収めながら、クラウスはやや興奮気味に感心した。

「賭けだったけどな。あいつが斬撃を飛ばせるタイプだったら詰みだったよ。それより剣を収めていいのか？」

「大丈夫だよラビ。あいつはもう」

クラウスが視線を向けると、イチゴーたちが勝利のダンスを踊り始めた。

直後、俺の前にリザルト画面が現れた。

「あ、わたしレベル上がったみたい」

「僕も、これで十六レベルだ」

俺も、十三レベルに上がっていた。

けど、今すぐゴーレムを増やす気は無い。

これ以上ゴーレムを増やしても、把握が難しいし、俺の魔力量の問題もある。

それに今は、ひたすらに安堵の気持ちで頭がいっぱいだった。

「終わったぁ」

気が抜けて、情けない言葉が漏れた。

ハロウィーを守れた安心、命拾いした喜び、圧倒的格上に勝てた達成感。

色々な感情が一斉に湧き上がって、腰砕けになってしまった。

「ありがとう。ラビのおかげで助かったよ」

俺が床に腰を下ろすと、ハロウィーが労ってくれる。

「悔しいけど本当だよ。平民科首席、なんて言われているけど、僕一人の力じゃカースメイルには勝てなかった。むしろ、あんな方法があるなら、ラビ一人でも勝てたんじゃないかい？」

「おだてるなよ。ハロウィーとクラウスの掩護が無いと無理だって。それに、こんな危ない橋を渡るのはもうごめんだ」

異世界転生して初めて体験した生死の境。

正直、冒険者ではなく商人として金儲けをしながら貴族復帰を目指したくなってくる。

だけど同時に、強敵相手に勝利した高揚感は、悪くなかった。

「じゃあ帰ろうかラビ。これだけの戦果を挙げたんだ。みんなだって、君らのことを見直すだろうさ」

「もしかしてお前、それが狙いで俺を誘ったのか？」

「そこまで善人じゃないよ。僕は僕の都合と利益で動いただけさ」

そう言ってクラウスが俺に手を差し出すと、慌ててハロウィーも俺に手を差し出した。

床に座り込んだ俺は二人の厚意に甘えて、両手を伸ばした。

二人に手を引かれて立ち上がった時の気分は、前世でも感じたことがないほどに心地よかった。

◆

『地下五階層の隠しボスを倒したぁああ!?』

上に戻った俺らを待っていたのは、生徒たちと先生たちの絶叫だった。

「うん。これがその証明。ラビ」

クラウスに促されるまま、俺はストレージに入れた真カースメイルの素材を見せた。

ひしゃげてはいるが、鎧の造形は明らかに普通のカースメイルとは違う。

先生の一人が眼鏡の位置を直しながら、声をうわずらせた。

「これはコマンダーメイル……確かに地下五階層の隠しボスで、地下二〇階層の奥に生息する魔獣です。一年生の勝てる相手ではないですよ……」

コマンダーメイル、それが正式名称らしい。

「さ、さすがはクラウス君だよねぇー」

「そうそう。やっぱクラウスはちがうよなぁ」

生徒たちの見え透いたおだてに、クラウスは手を横に振った。

「違うよ。確かに僕も一緒に戦ったけど、コマンダーメイルを仕留めたのは」

クラウスの腕が、俺の腕を取り引いた。

「ラビの力だよ。だから素材も彼のものだ」

みんなが顔をこわばらせてから一秒後。

『はぁあああああああああああああああああっ!?』

本日二度目の絶叫がこだました。

第四章 システムのアップデートがあります

ラビたちが地下五階層を攻略した翌日。

ノエルは学園の屋外広場で、学園新聞を目に愕然(がくぜん)としていた。

「平民科一年生、クラウス、ハロウィー、ラビの三人が地下五階層で隠しボス、コマンダーメイル、レベル二〇を討伐……」

それは平民科の新聞部が配布したもので、クラウスの活躍が大きく取り上げられている。

何も知らない人が読めば、クラウスが中心になってコマンダーメイルを討伐したと思うだろう。

けれど、ラビが討伐に貢献したこともしっかりと書かれている。

「ッ」

それに、広場の掲示板へ振り返れば、多くの生徒が群がりお祭り騒ぎだった。

「すげぇなマジかよクラウスの奴(やつ)!」

「コマンダーメイルとか三年生でも勝てる人そういないよ!」

「やっぱりオレたちとはモノが違うよなぁ!」

「最強の一年生トリオだな」

「この三人てもうチーム組んでいるのか?」

「そうなんじゃねぇの？　普通に考えて」

「卒業した後もこの三人で冒険者になるのか？　オレ、チームに入れないかな？」

「お前じゃ釣り合わねぇよ」

「こういう人が将来、Sランク冒険者になるんだろうなぁ」

「そりゃSランク冒険者とか勇者英雄って呼ばれる人は学生時代から逸話があるしね」

「どうしよう。三人がSランク冒険者になったら、アタシたちその同級生ってことだよね？」

「貴族科にこんな生徒いねぇよな。なんかざまぁって感じ」

学年に関係なく、平民科生徒の誰も彼もがラビたちを讃え、賞賛し、最強の三人組として祭り上げていた。

それは彼らの勝手な評価だが、いずれ現実のものとなるだろう。

「〜〜〜〜〜………」

学園新聞を握りしめながら、ノエルは自身の思い上がりを恥じた。

ラビが実家を追放され、平民科に落とされたと聞いた時、ノエルは自分がラビを助けなければと考えた。

貴族籍を剝奪されて落ち込んでいるに違いない。

知り合いのいない平民科で寂しい想いをしているに違いない。

平民科の生徒からいじめられて辛いに違いない。

自分勝手にラビのことを憐れみ、自分が救うのだと意気込み、暇さえあれば計画を練った。

だが、ラビは平民科の男友達のクラウスと女友達——恋仲だとは思いたくない——ハロウィーと一緒に楽しく平民科になじんでいる。
ラビは、自分なんかの助けなんていらなかった。
全ては自分の妄想。
だけど自身の胸に去来したのは、安心ではなく落胆だった。
「私は……ラビの不幸を願っていたのか……」
最初に抱いた感情に、自身の本心に気づいてしまった。
ラビが不幸なら、そこにつけ込める。
自分が助けてあげれば、きっとラビは感謝して自分の側にいてくれる。
そんな汚らわしい下心があったのではないか。
愛する人の心を手に入れるために、不幸を願う。
騎士道はおろか、人の道からも外れた外道に、ノエルは歯噛みした。
「私はなんとあさましいのだ……」
そんな自分が嫌で、ノエルは泣きたいのを我慢しながらその場を去った。

◆

「昨日の戦利品で、ニゴーからゴゴーまで全員に魔石を装備させたぞ」

放課後の学内カフェで、俺は意気揚々とハロウィーに報告した。

床では、イチゴーたちが、むふんと誇らしげに胸、のつもりでお腹を突き出している。かわいい。

「わー、おめでとう」

笑顔で手を合わせて、ハロウィーはちっちゃく拍手をしてくれた。

主力の五人が全員魔石装備。

これで、この五人は一時的に性能を強化できる。

「それから、各フロアのボス魔獣の素材から、スペックに個性をつけてみた」

「個性？」

イチゴーたちから視線を上げたハロウィーに、俺はちょっと得意げに説明した。

「ああ。イチゴーにはコマンダーメイルの素材を配合して魔法耐性を大幅に強化」

『まほうなんてきかないのー』

「ニゴーにはオオヒクイドリの素材を配合してスピードを大幅に強化」

『われにおいつくてきはなし』

「サンゴーにはリザードマンの素材を配合して防御力を大幅に強化」

『みんなをまもるのだー』

「ヨンゴーにはトレントの素材を配合してパワーを大幅に強化」

『じゅうまんばりきっす。うそっす』

「ゴゴーにはワーラットメイジの素材で探知能力に特化させてみた」

「へぇ、みんなすごいねー」

ハロウィーが五人の頭をそれぞれなでると、みんなぴょこぴょこ跳ね始めた。ハロウィーにだいぶなついていると見える。良いことだ。

「でもゴゴーちゃんがいないよ？」

「あー、ゴゴーは森に行ってるんだよ」

おかげで、今日も今日とてリザルト画面が止まらない。

「みんな働き者だね」

「おかげで楽をしています」

黙っているだけで経験値と素材が溜まる。

まさに放置ゲーである。

「ん？　あれってノエル様じゃない？」

「え？」

ハロウィーの視線を追うと、観葉植物の陰から長い金髪を垂らしてこちらを見つめる美人が目に入った。

俺を見るなり、ノエルは肩を跳ね上げ踵を返した。

周囲の男子たちの視線が少し落ちて左右に揺れた。

「ノエル様ー」

ハロウィーの呼びかけを無視して、ノエルはその場を立ち去ろうとする。

が、スピードアップしたニゴーがすでに回り込んでいた。

「ふわっ!?」

『あるじどのにごようか?』

と、メッセージウィンドウで言ってもノエルには通じないのだが、つぶらな瞳に見上げられたノエルは頬を赤らめ、くちびるをはわはわさせている。

――ニゴー、いい仕事だ。

「どうしたノエル?　何か用か?」

俺らが歩み寄ると、ノエルは腕を組み顔を背けた。

「よ、用など無い……貴君こそ、私にかまっている暇があったら、クラウスと連携の訓練でもすればいいだろう?」

「なんの話だ?」

わけがわからず俺がまばたきをすると、ノエルは横目でちらりとこちらの様子をうかがってきた。

「貴君らは、チームを組んでいるのだろう?　なら……なら……」

しりすぼみに声が小さくなるノエルに、俺は手を横に振って否定した。

「いや、俺らチーム組んでいないぞ」

「……何?」

ノエルの顔がぐるりとこちらを向いた。

「だが、学園新聞では貴君らが一緒にダンジョンの地下五階層を攻略したと……」

「あれはクラウスに誘われて一回仮チームを組んだだけだぞ。なぁ?」

「うん、そうだよ」

こくんと頷(うなず)いてくれたハロウィーと一緒に正式にチームを組んでくれれば助かる。

だけど、クラウス本人の口からその意思は聞いていない。

クラウスは人気者だし引く手あまただろう。

チームメイトは選び放題だ。

俺らを選んでくれなんて言うのはまだはばかられる。

「元貴族の俺にみんな冷たいし話してくれるのはゴーレムたちとハロウィーだけだ。当分チームメイトはできないと思うぞ？」

「ッ」

一瞬、ノエルは表情をゆるめてからすぐに落ち込み、なんだか情緒が複雑な表情をしている。

「どうしたんだノエル？」

「…………ハッ」

その時、ハロウィーが丸く目を剝(む)き、何かの電波を受信したように固まった。

「あ、あのぉラビ、ノエル様にそういうことは聞かないほうがいいんじゃないかなぁと思うんだけど」

「なんでだよ？　聞かないとわからないだろ？」

「それはそうだけど、えと、その……」

「なぁノエル、何かあったのか？　もしかして実家絡みか？」

「そ、そうではない！　そうではなくだな、その、私は、だから……」

「とりあえずニゴーを抱いて落ち着け」

「わわっ……ッ～～」

そわそわもじもじしているノエルにニゴーを手渡すと、急におとなしくなった。

「…………」

それから、ノエルはニゴーと俺の間で何度も視線をいったりきたりさせてから、ニゴーを持ち上げ顔を隠した。

「私、邪魔じゃないか？」

「邪魔なんてことないよ。幼馴染だろ？」

幼馴染、というワードにノエルは一瞬安堵してからちょっと落ち込んだ。

ハロウィーは眉根を寄せて複雑な顔をした。

女子にしかわからない何かがあるような気がして俺が頭を悩ませていると、生徒たちのざわめきが耳朶に触れた。

振り向くと、赤ちゃんくらいの身長しかないちっちゃくて丸くて可愛いゴゴーが、短い脚でちょこちょことカフェに駆け込んできた。

途中、勢い余ってころりと転んで転がり壁やテーブルの足にぶつかりピンボールのように跳ねた。

それでも、体勢を立て直しつつ俺らの前でブレーキ。

『ただいまなのです』

「お、戻ったな」

『またあたらしいまほうせきをてにいれたのです。これできょうごこめなのです。えへん』

「おう。探知能力に特化させただけあって、今日は調子いいみたいだ」

ゴゴーは俺の足元まで来ると、両手をバンザイ。

その手には、さまざまな色の魔法石がくっついている。

イチゴーたちの手に指は無いけれど、物が吸い付く機能がある。

『みるのですますたー、これがゴゴーのじつりょくなのです』

と、メッセージウィンドウに表示させながら、ゴゴーは両手の魔法石を自慢げに掲げた。

「おー、今日もたくさん採ったなゴゴー。偉いぞー」

綺麗(きれい)な魔法石を見せびらかすゴゴーは、変わった形の石集めが趣味の幼児みたいで可愛かった。

「小さな子供って石集め好きだよな。いいこいいこ」

なでなで。

かく言う俺も、幼い頃にツルツルの石を拾って喜んだことがある。

『あたまがしあわせなのです』

「魔法石だと？　そんな貴重な物をどこで手に入れたんだ？」

ノエルはニゴーを抱いたままぎょっとして、やや前のめりになった。

「校舎裏の森だぞ。と言っても俺自身は見つけたこと一回も無いけどな」

身長と目線が低くてＡＩのゴゴーたちだからこそだろう。

人間と違い、ＡＩのゴーレムたちは視界映像から何かを見逃す、ということはなく、どんなに小さな物でも、たとえ草の陰に隠れていても、わずかにでも視界に入れれば敏感に認識できる。

「そういえばノエルにはまだちゃんと紹介したことなかったな」

俺は一人ずつ指をさしながら、イチゴーたちの紹介をしていく。

「魔法耐性の高いイチゴー、スピード抜群のニゴー、頑丈なサンゴー、力持ちのヨンゴー、そして探し物が得意なゴゴーだ」

俺に指をさされた子から順に、謎のポージングをキメていく。

ゴゴーはまだ、ビー玉みたいに綺麗な魔法石を掲げている。

「今回は炎石と冷石、風石、光石に水石だな」

魔法石の数々に、ハロウィーが口を開いた。

「これでまた魔法アイテムが作れるんだね？」

「ああ」

「なんの話だ？」

俺はハロウィーに頷いてから、ちょっと考える。

――ノエルになら言ってもいいだろう。

俺は彼女に一歩近づくと、声を潜めた。

「他人には言わないで欲しいんだけど、実はイチゴーの能力で材料次第で魔法アイテムを作れるんだよ」

「何？」

俺が近づくとやや頬を赤くしたノエルが、冷静な顔で顔を近づけてきた。

「実際、いま俺が使っている剣もこの前、炎石を使った剣にしたんだ。魔力を流すと、炎が噴き出すぞ」

「ほぉ、魔法の剣か」

流石は騎士様。武器には興味津々だ。

「ああ。武器は作れるし素材は集めてくれるし、戦いでも守って良し攻めて良しの万能選手で助かっているよ」

俺の言葉に呼応して、イチゴーたちはその場でシュッシュとシャドーボクシングを始めた。

『だっこー』

ゴゴーは俺の脚に抱き着いていた。マイペースだ。

「……なぁラビ。そのゴーレムたちの性能はそんなに高いのか？」

「え？」

事件現場を観察する探偵のように鋭い目つきで、ノエルはイチゴーたちを見下ろした。

「この子らは丸くて愛らしいが、私の知る戦闘用ゴーレムとは趣が大きく異なる」

俺の家族が使う、武装騎士型のゴーレムを考えれば、ノエルの疑問はもっともだ。

「悪いがこの子らの力を見たい。一緒に訓練場に付き合ってくれないか？」

いつもの調子を取り戻したノエルからの申し出に、俺は快く頷いた。

「いいぞ。じゃあみんな行こうぜ……」

甘えてくるゴゴーを抱き上げようと見下ろすと、ヨンゴーがゴゴーをちょこんと突き飛ばしていた。

ゴゴーは仰向けに転がって、楽しそうに短い手足をぱたぱたと動かした。

それからイチゴーが手を貸して起き上がらせると、今度はイチゴーがゴゴーをちょこんと突き飛ばす。

そしてまたゴゴーが楽しそうに手足を動かした。

イチゴーとヨンゴーも愉快そうに体を上下に揺らした。

「何をしているんだ?」

『さっきゴゴーがころがるのをみておもいついたっす! ゴゴーをたおすととってもたのしいっす!』

『ゴゴーもたおされるとたのしいことにきづいたのです』

『ますたーもするー?』

「そっかー、じゃあ部屋に帰ったらしようかなー」

背後でハロウィーとノエルが囁いた。

「ラビは何をしているんだ?」

「ラビはイチゴーちゃんたちの言葉がわかるみたいなんです」

「なんだそれはうらやましいな」

「ですよね」

――もしかして俺、はたから見るとヤバい人？

そんな一抹の不安がよぎった。

◆

ノエルが案内したのは、外の訓練場だった。

訓練場と言っても、特別な器具は無い。

日本の学校にあるグラウンドが近いだろうか。

何も無いだだっ広い地面が広がる場所。

その周囲は、高さ三メートルほどの土手に囲まれている。

だけどそこには、多くの生徒が集まっていた。

放課後の自由な青空の下、そこかしこで生徒同士が剣や槍（やり）を打ち合い、時には魔法を放っている。

魔法は流れ弾が他の生徒に当たらないよう、端っこの土手近くで使用するのがマナーだ。

訓練場を囲むように盛り上がった土手には草一本生えていない。

定期的に整備されるものの、無数の魔法痕が広がり、その上に矢が突き刺さっている。

「よし、ではさっそくだ。軽く手合わせをしてみよう。そっちは何体でもいいぞ」

言って、ノエルは腰のサーベルを抜いて中段に構える。

ノエルはスピード重視の騎士で、手数と巧みな剣捌きが真骨頂だ。

なので、俺はまず、サンゴーとニゴーをぶつけてみる。

「ニゴー、サンゴー、思う通りに戦ってみろ」

『しょうち』

『わかったのだー』

「では、開始だ！」

ノエルが身体を沈めると、その場から弾かれたように跳び出した。

速い。

俺は今まで、ノエルよりも速い生徒を知らない。

最速の踏み込みから放たれる最速の突き。

サーベルの切っ先がニゴーを捉える。

けれど、ニゴーは初手を見切っていたように、ひらりと横に避けた。

「何!?」

速さ、だけじゃない。

ニゴーは最初から、どう動くか決めていたように見える。

目標を失ったサーベルを素早く引き戻し、ノエルはサンゴーの横を通り過ぎて振り返る。

予想外の動きに、だけどノエルはすぐに切り返した。

滑らかな二撃目が、今度はサンゴーを襲った。

『ふせぐのだー』

サンゴーは丸い胸板でサーベルの切っ先を受けた。

鋭利な先端が、サンゴーの丸みに逸れて脇腹へ。

サンゴーは腕を下ろして脇を締め、サーベルを抱えた。

「ッ？」

他のゴーレムにできる芸当じゃない。

体の曲面で逸らすだけで威力を殺し切れるほど、ノエルの突きは甘くない。

強度に特化した、サンゴーの装甲ならではだ。

まして、抜き身の刃を脇に抱えるなんて、正気じゃない。

「はっ!?」

ニゴーの気配に気づいたノエルは、サンゴーに捕まったサーベルから手を離し、バックステップした。

一瞬前までノエルの立っていた空間を、ニゴーの拳が通り抜けた。

「相変わらずすごいな……」

「うん、ノエル様の身のこなし、すごいよね」

ノエルの立ち回りに、ハロウィーはやや興奮気味だった。

「それもだけど、剣を手放したことがだよ」

「え？」

「普通、騎士は剣に固執する。だけどノエルは、サーベルを捨てて回避に回った。あの判断は、並大抵の騎士にはできない芸当だ」

それはノエルが、剣は民を守るための手段であると、割り切っている証拠だ。

本当に大切なモノがなんなのか、彼女には見えている。

「来い！」

サーベルを失ったノエルは、素手で構えた。

だけどそれでは、みんなの本当の実力が測れない。

「そこまでだ。選手交代。サンゴーはノエルにサーベルを返して戻れ。ニゴーもだ。代わりにイチゴーとヨンゴー。任せたぞ」

『わかったー』

『ふっ、まかされたが、たおしてしまってもよいのだろうっす』

「いや倒すなよ。友達だから」

俺は小声でツッコんだ。

「あとノエル。イチゴーは魔法耐性が売りだから、俺の剣を使ってくれ」

俺は腰の剣を彼女に投げ渡した。

魔力を流せば炎が噴き出す、特別仕様だ。

「ふむ、先程、ラビが話していた魔法アイテムだな。我が家にもいくつかある。確かこうして魔力を流すと」

ノエルの握るロングソードの剣身から、赤い炎が立ち昇った。
「うん、これはいいな、それに……」
剣を握りしめながら、ノエルは俺の顔を一瞥してきた。
「うむ、良い物だ。ではいくぞ」
彼女の声はわずかに弾んでいた。
練習試合は仕切り直しで、再びノエルの攻撃で始まった。
紅蓮の焔渦巻くロングソードが上段から一息に振り下ろされ、イチゴーに迫った。
『えい』
イチゴーはうしろにコロリと転がって避けた。
けれど、剣身から迸る火炎に呑まれてしまう。
それでもなお、イチゴーは健在だった。
炎が通り過ぎてから、イチゴーは両手を腰に当てて、むむんと胸を張った。
『ぺかー』
擬態語をメッセージウィンドウに表示する余裕まである。
もちろんノエルは本気じゃない。
さっきからずっとだ。
だけどまったくの無傷というのは凄い。
防御性能としては十分だ。

それから、ヨンゴーがヒートソードにつかみかかった。

そして次の瞬間。

『むんっす！』

ヨンゴーは俺のヒートソードを曲げた。

くの字とはいかないまでも、明らかに歪んでいる。

ヒートソードを視線の高さに持ち上げて眺めながら、ノエルは絶句していた。

『これがヨンゴーのちからっす』

「いや俺の剣だから」

ヨンゴーに歩み寄り、頭を空手チョップでちょんちょん突いた。

『さいこうちくスキルでなおせばいいっす』

「そういう問題じゃないだろ？」

ぐりん、ぐりんと頭を手で強くなでくりながら、俺は優しく叱った。

ヨンゴーは楽しそうに両手を上下にはばたき、ハシャいだ。

一方で、ノエルは感動に震えた声を上げた。

「素晴らしい性能じゃないかラビ。これならきっと御父上も認めてくださるだろう。私から手紙を書く。次の休日、すぐにでも私と共に御父上の下へ急ごう」

らしくもなく、ノエルが子供のように目を輝かせてはしゃいだ。

けれど、俺は酷く冷めていた。

「無理だよ。ノエルだって知っているだろ？　ゴーレム使いにとって、性能は二の次なんだ」

「それは……」

昔から俺の実家、シュタイン家との付き合いがあるノエルも、業界事情は知っている。

神への信仰心が薄い平民、特に利益で動く商人は、ゴーレムに性能を求める。

ただし、神への敬虔なる信徒たる貴族は違う。

彼らが重視するのはいかに女神の御心に寄り添い、女神の意に沿い、天の国に近づくかだ。

「性能がいいからって魔王と同じ魔獣型ゴーレムを使うような奴は、悪魔に魂を売った背徳者扱い。ゴーレム使いの名家、シュタイン家当主の父さんなら余計にだよ」

これは俺の被害妄想じゃない。

そもそも、俺の使役するゴーレムが魔獣型というだけで、一切の反論を許さずその場で周囲の人たちに追放を宣言するような人だ。

「父さんが大切なのは俺じゃなくて実家、シュタイン家の名声だ。俺はいなかったものとして扱うのが一番だし、仮に戻れても、きっと肩身が狭い」

自然と、語る俺の言葉は暗く、重たいものだった。

そのせいで余計な気を遣わせてしまったらしい。

ノエルとハロウィーは表情が沈み、沈鬱な眼差しになった。

「なぁラビ、確認するが、貴君は貴族に戻りたいの……だよな？」

まるですがるように、ノエルが尋ねてきた。

「当然だろ。けど、もうシュタイン家にはこだわらないよ。貴族に戻る方法は他にもあるしな。例えば汚いけど金を溜めて貴族籍を買うとか、冒険者として活躍してどこか別の国で爵位をたまわるとか」

実際、炭素からダイヤモンドを作れば、一生お金には困らないだろう。

「貴君はこの国を出るのか!?」

鬼気迫る顔で肩をつかんできたノエルに、俺は首を横に振った。

「例えばの話だよ。貴族に戻るのに実家に固執することはないってことだ」

「そ、そうか」

ノエルは落ち着きを取り戻して、俺から手を離した。

「ならラビ、早く貴族に戻れるよう、共に頑張ろうではないか」

せっかくノエルが明るい表情を見せてくれたのに、彼女の言葉が引き金となり、嫌なことを思い出してしまう。

「どうしたんだ?」

「いやごめん、その……」

言わないほうが良い。

それはわかっているのに、前世の記憶がある俺は、貴族社会の歪みを飲み込めなかった。

「貴族に戻っても、大変なことだらけだよなって」

「それは……」

幼馴染で俺のことなら何でも知っているノエルが、言葉に詰まった。

それに、彼女自身もある意味、貴族社会の犠牲者なのだ。

保身のためには、平民よりも貴族のほうがいい。

だけど、貴族だからと言って、幸せが保証されるわけではない。

「貴族科にいた時も俺、あんまり楽しくなかったしな」

「そうなの？」

意外そうなハロウィーの問いかけに、俺は頷いた。

正直、前よりも今のほうが楽しい。

イチゴーたちと、ハロウィーといる今のほうが。

そう考えた矢先、手にそっとやわらかいぬくもりが触れた。

「だいじょうぶだよラビ。もしもラビが貴族に戻れなくても、わたしが側にいるから。だってわたしたち、チームだもんね」

ハロウィーの手の優しさに、俺は心の中の冷たい雲が晴れるような気持ちだった。

貴族社会とおさらばして、ハロウィーと一緒に、貴族でも口出しできないSランク冒険者になる自分を一瞬想像してしまう。

それから、どうして何故(なぜ)だか不機嫌なノエルに気づいてしまう。

「あのノエルさん？」

「……」

ノエルは悲しそうな寂しそうなすねたような、複雑な、だけど間違いなく不機嫌な顔で、俺のことを睨みつけていた。

「ふゃっ!?　ちち、違うんですノエル様！　これは別に、わたしとラビはあくまでもチームメイトでこれに深い意味は無いんです！」

ハロウィーが俺と握手した手を突き上げると、ノエルはますます不機嫌になる。

――なんだ？　女子にしか見えない何かが見えているのか？　ＡＩチャット先生教えてください。

『ますたーにぶいー』

――え、お前女子側なの？

イチゴーの性別に疑問を持っていると、一発の暴風音が耳をつんざいた。

「なんだ!?」

俺らが振り向くと、サンゴーが宙を待っていた。

地面は削れ、何かが爆発したようだ。

「サンゴーー！」

地面に落ちたサンゴーを、大きな足が踏みつけた。

「おいおいマジかよ？　こんな雑魚ゴーレムにお前らがやられたって？　フカシじゃねぇだろうなぁ？」

「ほ、ほんとですよダストンさん」

「あのゴーレムたちすげぇ強いんですって」

サンゴーを踏みつけるのは、ガタイが良くコワモテで、平民科の制服を着た男子生徒だった。

制服の校章についたリボンの色から、二年生であることがわかる。

背後には、前にハロウィーを襲いイチゴーたちに負けた男子五人が並んでいる。

五人の言動、腰の低さから察するに、どうやらダストンと呼ばれるコワモテの男子はあいつらのボスらしい。

「サンゴーちゃん！」

「サンゴー！」

ハロウィーとノエルが悲鳴を上げた。

サンゴーもメッセージウィンドウを飛ばしてきた。

『おもたいのだー』

「クッ」

サンゴーは頑丈さ重視だ。

大したダメージは受けていないだろう。

だけどパワーは特別強化していないせいか、それともあのダストンの力がよっぽど強いのか、サンゴーは仰向けのまま胸を踏みつけられ、動けずにいた。

「戻ってこい、サンゴー」

俺はサンゴーをストレージに入れて回収。救出した。

「ちっ、ゴーレムって好きに出したり引っ込めたりできんのかよ。便利だなぁおい！」

ガラの悪い外見の期待を裏切らず、ダストンは太い眉を逆立てて俺のことを睨んできた。

「いきなり俺のゴーレムを攻撃してお前なんなんだよ!?」

相手は上級生だけど、ここまでの蛮行をされて、敬語を使う義理は無いだろう。

すると、ダストンは鼻を鳴らして、ぶっきらぼうに答えた。

「最近森でそいつらを見かけるんでな。めざわりだからうろつかせるなって命令に来てやったんだよ」

「めざわりって、うちのゴーレムが何かしたのか?」

「オレ様の狩りに支障が出るんだよ！　そんなチビデブゴーレムにうろつかれたらなぁ！」

そんなわけもないだろう。

おおかた、舎弟たちに泣きつかれて元貴族の生徒をシメに来たといったところだろう。

「いいか？　これは上級生からの命令だ。これからは森でそのゴーレムを見つけるたびに壊してやる。嫌なら二度とゴーレムを使うなよ」

「そういうことをしたら、お前も先生から目をつけられるんじゃないのか?」

「荒事上等のこの王立学園で、平民同士の喧嘩(けんか)にいちいち教師がでばってくるかよ。そういうのは当人同士で話し合って解決してくださいで終わりだ」

ダストンの言うことは事実だろう。

クラウスがカフェで相手にした生徒は貴族科の生徒だった。

それに引き換え、今回は互いに平民同士。

多忙で貴族出身ぞろいの教師たちが、真面目に取り合ってくれるとは思えない。

「はっ、正論過ぎてぐうの音も出ないようだな。テメェも元貴族なら、ちょっとはここを使えよここを」

自分の頭をトントンと叩(たた)きながら、ダストンは嘲笑してきた。

「惨めだなぁ。前は貴族のボンボンで何かあってもパパが助けてくれたのに。ようこそ貴族様、オレら平民の世界へ」

わざとらしく恭しい所作で腕を横に動かし、ダストンは歓迎のポーズを取った。

それで背後の五人も、まるで狩りに成功した盗賊のように高笑った。

――ッ、どうすればいいんだ。

俺が判断に迷っていると、助け船を出すように勇ましい声が割って入ってきた。

「そうか、ならば正真正銘、貴族が相手になろう」

男子並みの長身から太陽にきらめく長い金髪を揺らし、前に進み出たのはノエルだった。

彼女は凛々(りり)しく背筋を伸ばし、俺とダストンの間に仁王立ちした。

「私はエスパーダ子爵家、ノエル・エスパーダ。貴君の蛮行の一部始終をこの目に収めた。下級生への恫喝行為(どうかつこうい)は見過ごせないな。このまま職員室に引っ立てられたくなければすぐに立ち去るがいい！」

立て板に水とばかりによどみなく滔々(とうとう)と言い切った。

正直、俺の十倍カッコイイ。

つい、惚れそうになってしまう。

ダストンは一瞬鼻白むも、ノエルの胸元、おそらくは校章についたリボンの色から一年生であることを見抜くと、わざとらしく下品に笑った。

「ホルスタインかよ!? なに詰まってんだそれ？ 制服裂けてんじぇねぇか！」

「ッッ、裂けてなどいない！ 騎士を愚弄するか!?」

この手のからかいは日常的にされるノエルだけど、かといって慣れるものではない。

目つきは険しく闘争心は折れていない。

けれど、頬は赤く、無理をしているようで、さっきまでの凜々しさに欠けた。

それを好機と見たのか、ダストンは下卑た動きで挑発してきた。

「スイカでも入ってんのか？ んなデカイもん揺らして剣が振れるのかよ騎士様？」

ダストンの尻馬に乗って、背後の男子たちも腹を抱えて笑った。

男子たちの嘲笑に、ノエルは手をわなわなと震わせ、言葉を失った。

「なぁっ、なぁっ……ッッ〜〜〜」

いつの間にか、周囲には人が集まり俺らは注目の的だった。

周囲の突き刺すような男子たちの視線から逃れるように、ノエルは一歩退いてしまう。

完全に、ダストンのペースだった。

「ノエルもういい。ありがとう」

俺がノエルの肩を抱いて引き下がろうとすると、ノエルは少しの抵抗で、俺についてきてくれる。

「ノエル様」

ハロウィーも気を使って、ノエルの手を引いた。本当に優しい子だ。

なのに、それを見逃すまいと、ダストンは声を張り上げた。

「おいおい貴族のご令嬢が平民の男に抱かれて逃げていくぜぇ！」

その一言で、ノエルの脚が止まった。

「ノエル、あんな馬鹿にかまうな。行こう」

「…………ッ」

けれど、彼女の脚は動かなかった。

「悔しかったら決闘でもするか？　騎士らしく剣で決着をつけようじゃねぇか。まさか貴族様が平民相手に逃げるなんてみっともないマネしないよなぁ？　それとも平民に負けたら恥ずかしいから逃げたほうがましか!?　だよなぁ!?　騎士だの貴族だの言っても所詮は女だもんなぁ！　結婚したら剣置いて旦那に股開いてガキ産むだけのなんちゃって騎士様だもんなぁ！　男の貴族が領地の繁栄のためにダンジョン攻略したり魔獣と戦っている間、お前は子供に絵本を読み聞かせるのがお似合いだよなぁ！　なぁなぁなぁ!?」

畳みかけるようなダストンの挑発に、ノエルは再び背筋を伸ばし、顔を上げた。

「すまないラビ、ハロウィー、貴君たちの気遣いには感謝するが」

俺の手を離れ、ノエルは声を尖らせた。

「騎士と貴族の誇りに懸けて、あの下郎だけは断じて許せん！」

腰から愛用のサーベルを抜き放ったノエルの瞳は灼熱の戦意に燃え上がり、声には一切の揺るぎが無かった。

その姿は救国の乙女のように麗しく頼もしいも、相手は二年生。

それも、かなり腕が立つのがわかる。

「気持ちは嬉しいけど、あいつは口先だけじゃないぞ」

「貴君こそ、私の実力を忘れたのか？」

ノエルは雄々しい、戦色の笑みを浮かべた。

「私はイチゴーたちとの戦いで、実力の半分も出してはいない」

彼女の全身から立ち昇る熱気と怒りに、俺は息を呑み固まった。

◆

正式な決闘ということで、時間は三〇分後。

互いに完全武装してということになった。

ノエルは制服の上から、ダンジョンに潜る時の軽装鎧を身にまとい、右手には愛用のサーベルを握り、訓練場に戻った。

対するダストン側も、ガタイに似合わず軽装鎧に普通のロングソードで戻ってきた。

訓練場には平民を中心に、一〇〇人以上の生徒が集まり、二人を取り囲むように大きな輪を作っている。

まるで見世物だ。

「逃げずによく来たな貴族様。ご褒美に顔は攻撃しないでやるぜ。決闘後の楽しみが無くなっちまうからなぁ」

「安い挑発だな。貴君こそ、負けた時の言い訳をするなよ。ハンデをつけてやったからだと」

語気は冷たく、だけど語調は熱い。

ノエルの挑発に、だけどダストンも冷静さを失わなかった。

「つい先月まで中等部だったガキが生意気言うんじゃねぇよ。開始の合図はいらねぇ。テメェがそこから動いた時がテメェの最後だ」

どこまでも人を馬鹿にした態度。

ダストンの嗜虐性(しぎゃくせい)はとどまる所を知らなかった。

けれど、ノエルの闘争心もまた、無限だった。

「初手は譲る、というわけか。覚えておくがいい。貴君の敗因は、その愚かしさだ」

電光石火の踏み込みでノエルが加速した。

ニゴーの時の倍は速い。

まさに、瞬く間に、という速度だった。

ノエルが放った高速の斬撃。

それを、ダストンはバックステップで相対速度を落としながらロングソードでガードした。

「オッ?」

ダストンはガードに成功したはずだった。

だけど、ノエルが通り過ぎた時、鎧が無いダストンの二の腕に血が滲んだ。

「単純なレベルなら、二年生の貴君に分があるだろう。だが、レベル差だけで埋められるほど、私の鍛え方は甘くはないぞ」

観客の平民科生徒たちがざわついた。

「ちっ、なんだよ結局貴族が勝つのかよ」

「しっかりやれよ!」

平民科の生徒たちは、貴族科の生徒であるノエルの敗北を望んでいるらしい。

一方で、ノエルを見直す声もある。

「おい、ダストンが押されているぞ?」

「あの一年生、凄いんじゃないか?」

「いくら貴族でも、あのダストンに勝てる奴なんてそうはいないぞ」

レベルが上がれば、身体能力や魔力が上がる。

だけど、人はレベルを上げなくても肉体鍛錬で身体能力を上げられるし、貴族の子供は幼い頃から剣術を叩き込まれている。

そのため、基本的に平民科生徒よりも貴族科生徒のほうが強い傾向がある。

特に、ノエルは厳しい剣術修行に明け暮れていた。

同じ柔道家でも、肉体の充実した若い選手が、老練な達人に勝てないのと理屈は同じだ。

「やった、ノエル様勝てるよね、ラビ？」

「ああ、そうだな」

はしゃぐハロウィーとは違い、俺はどうにも引っかかる。

――みんなの反応を見る限り、あのダストンて、二年生の中でも相当強いはずだよな？

そんな奴が、このまま負けるのかと、俺は警戒してしまう。

特に、舎弟の男子五人がほくそ笑んでいるのが不気味だ。

「どうした？　降参するなら今のうちだぞ？」

「降参？　冗談言うなよ。オレは今、テメェの攻略方法がわかったところなんだぜ」

「攻略方法か。それは面白い。この私に、どんな弱点があると言うのだ？」

ノエルも意趣返しのように、挑発的な態度で剣を構えた。

「簡単なことだ。テメェの武器を封じるだけだよ」

邪悪な笑みを浮かべるダストンを睨みつけ、ノエルは前傾姿勢に構えた。

「ほざけっ！」

ノエルが叫ぶと同時に、舎弟の一人がダストンに何かを投げた。

ダストンはそれを受け取ると、呷(あお)るように飲み干した。

直後、ノエルが駆けた。

今まで以上の超高速の踏み込みと斬撃の閃(ひらめ)きは、だけど空振った。

ダストンはノエルの剣を鋭く避けて、彼女のサイドを取っていた。

「もらったぁ！」

ダストンのロングソードが、ノエルの額当てを直撃した。

「ガッ!?」

ノエルの体が吹き飛び、地面を転がった。

「ノエル！」

「ノエル様！」

仰向けに倒れたノエルの額当てはひびが入り、流れ落ちた血がこめかみを濡らした。

「だ、大丈夫だ……しかし……」

ノエルが睨みつけた先で、ダストンは得意げだった。

「一時的に能力を底上げする、いわゆるバフアイテムだ。テメェの武器がスピードなら、スピードでオレが上回ればいいだけの話だよなぁ！」

バフポーションは、再構築スキルで作れる物の一覧にもあった。

値は張るが、金を積めば誰でも買える。

ダストンが持っていてもおかしくはない。

だけど……。

「決闘でアイテムを使うなど恥を知れ！　貴様の反則負けだ！」

「おいおいみんな聞いたかよ？　反則負けだとよ!?　いかにも貴族のお嬢様らしい戯言だよ

なぁ？」

「なんだと？」

周囲へ同意を求めるように笑うダストンに、ノエルは顔をしかめた。

「考えてもみろよ。ダンジョンで魔獣がルールなんて守ってくれるのか？　戦場で敵がフェアプレーしてくれるのか？　戦いが有利になるようにアイテム使うなんて当然じゃねぇか！」

「愚か者め！　ここはダンジョンでも戦場でもない！　戯言は貴様のほうだ！」

「言葉遊びに付き合うつもりはねぇよ！　テメェがオレの前に屈しているのは事実じゃねぇか！」

周囲の生徒たちも、そうだそうだとはやし立てる。

何もできないことが悔しくて俺が奥歯を噛みしめると、ノエルはサーベルを杖に立ち上がった。

「そうか、ならば続けよう」

厳かに告げて、ノエルは額当てを外した。

溢れる血が眉間を通り過ぎて目がしらの横を通り、唇を赤く濡らした。

額当てが地面に落ちると、続けてノエルは胸当てを、腕を守る籠手を、脛を守るレガートを、何の未練もなく外し、地面に投げ捨てた。

一切の鎧をまとわぬ制服姿に、生徒たちはどよめいた。

「うむ、身軽になった。これで、さっきの倍は速く動けそうだ」

「ならやってみろよ。いやぁ、むしろ遅くなるんじゃねぇの？　胸当てが無かったらその爆乳が揺れてまともに動けないだろうからなぁ！」

ダストンに合わせて舎弟の男子たちも有頂天になって、卑猥な言葉を投げかけてくる。

ダストンたちは、女子へのダーティープレイを理解していた。

セクハラ発言でノエルの心を乱すのが目的だろう。

品性下劣だけど、これは効く。

だけど、覚悟を決めたノエルに、今更そんな手段は通じない。

「フゥぅ……」

息を吐き肺を空っぽにしてから、ノエルは大きく息を吸い込んだ。

呼吸、視線、構えには、一点の揺らぎも無い。

まるで、世界が見えていないように。

自分とダストンを除き、何も無い虚空に閉じ込められているかのように、ノエルは周囲の雑音に無反応だった。

「破ッ！」

ノエルの足元が爆ぜた。

速い。

ノエルは電光石火を超え、一筋の光のように、雷光石化の早業でダストンに迫った。

超高速の突きは、まっすぐダストンの腹部を狙っていた。

今からではダストンの剣は間に合わない。

勝つ。

ノエルの勝ちだ。

俺はそう確信するも、ダストンの表情は崩れなかった。

鋭い破裂音と同時に、烈風が吹き抜けた。

「うぁぁっ！」

ノエルが悲鳴を上げて、吹き飛んだ。

俺とハロウィーは彼女の名前を呼び叫んだ。

彼女の細い体は俺らの足元まで転がり、自らの血で地面を赤く染めた。

「そんな、ノエル様！」

「あの野郎！」

ノエルの全身に刻まれた切り傷。破裂音。吹き荒れた烈風。

それに確かに感じた、魔力の波長。

それが意味するものは、誰の目から見ても明らかだった。

「ダストン、お前、風魔法を使っただろ!?」

怒りに任せて怒鳴るも、ダストンはどこ吹く風だ。

「使ったぜぇ。オレ様のスキルは風魔法だからな。真空の刃を全身にまとい、好きに飛ばせる。オレ様自慢の風刃結界よ！」

自慢げに笑うダストンを、舎弟の五人も賞賛した。

こめかみがカッと熱くなり、俺は握り拳を震わせた。

「いい加減にしろ！　騎士らしく剣で決着をつけるってお前が言ったんだぞ！」

「オレは嘘なんて言っていないぜ？　ちゃぁんとこうして剣は使っているだろうが。た、だ、し、誰も魔法は禁止、なんて言っていないだろ？　剣術限定勝負なんてテメェらの勝手な勘違いじゃねえか。それとも、魔法剣士の俺に魔法禁止とか、随分手前勝手なマイルール押し付けてくれたもんだなぁ！」

周囲を取り囲む平民科の生徒たちも、そうだそうだと同意した。

「ダストンの言う通りだよな」

「おい貴族、いつから魔法禁止になったんだぁ？」

「そんなのあたしたち聞いていないわよ？」

「ここにいる全員が証人だな！」

オーディエンスの反応に、ダストンは鼻を鳴らして背を反らした。

「聞いたかよ貴族様。これが世論ってやつだ。やっぱテメェも所詮は元貴族のお坊ちゃまだな。世渡りってものがわかってねぇや」

「ツッツ〜〜〜〜。ああそうかい。わかったよ。俺らの勘違いか……」

怒りを通り越して、俺は思考が冴えた。

漂白されたように冷淡な声の俺に、ダストンは痛快そうに笑った。

「卑怯だと思うならテメェらも使っていいぜ。もっとも、実家が魔法アイテム商のオレよりもいいアイテムが都合よくこの場にあれば、だけどな」

下卑た高笑いを無視して、俺はストレージを展開しながらノエルに寄り添った。

「ノエル。このポーションを飲んでくれ」

「う、うむ」

俺が小瓶をノエルの唇に添えて飲ませると、彼女の白い肌に刻まれた切り傷はたちどころに塞がり、出血も止まった。

彼女のまぶたも、しっかりと開いた。

「バカな……体力だけではない、傷が塞がっている？」

ノエルは目を丸くしながら立ち上がり、その場で剣を鋭く振るった。

『ハァアアアアアアアアン!?』

ノエルの峻烈な動きに、周囲の生徒たちが驚愕した。

「ちょまっ、は？　なんであいつ立ち上がってんの!?」

「ポーションで治るのって、軽傷だけだよな？」

「体力も、回復するけど、え？」

剣を見下ろしていた視線を上げ、ノエルは俺に詰め寄った。

「ラビ、このポーションはなんなんだ？」

「俺の再構築スキルは素材があれば何でも作れるからな。校舎裏の森の薬草から作ったんだよ。それと、これは俺からのプレゼントだ」

「なっ!?」

ノエルの体が、いくつもの青いポリゴンに覆われていく。

金髪に覆われた頭を、華奢な肩を、細い腕を、豊満な胸を、長い脚を。

ポリゴンが消えると、ノエルの体は炭素繊維でできたカーボン製のスーツに覆われていた。

前世でよく見た巨大ロボアニメのパイロットを彷彿とさせるタイトなスーツの各部に、カーボン製のプロテクターを足したものだ。

彼女のボディラインに合わせた、オーダーメイド品である。

「これは、軽い……」

「炭素から作ったカーボンスーツだ。重さは鉄の八分の一。だけど強度は倍以上の優れものだよ」

ダイヤモンドといいプロテクターといい、本当に炭素は使い勝手が良い。

「それからこれも」

俺はストレージから、ダンジョンで手に入れた普通のサーベルと、ゴゴーが見つけてきた炎石を取り出し、再構築スキルでヒートサーベルを生成した。

「俺が持っている魔法石の中で、一番品質の良いのを選んだ。魔力を込めれば業火が噴き出す」

「い、いいのか？　こんな逸品を貰って」

戸惑う彼女に、俺は微笑を返した。

「安いもんだ。ノエルの痛みに比べれば」

「ラビ……」

ノエルの瞳が潤み、目の端にダイヤのような雫が光った。

けれど溢れることはなく、ノエルは一度目を閉じた。

「あとこれ、俺が作ったスピードアップのバフポーションだ」

「必要ない」

ふたたびまぶたが開いた時、そこには熱い決意を固めた、最高の女騎士しかいなかった。

彼女は二本の脚で力強く立ち上がり、倒すべき敵に向かって剣を構えた。

「何にも代えがたいバフなら心にかかっている。ありがとうラビ。貴君のおかげで、先程の三倍は速く動けそうだ！」

ノエルの復活劇に周囲がざわつく。

ダストンの舎弟の五人も、表情を硬くしていた。

けれどダストンだけは、見下した表情を変えなかった。

「随分と待たせてくれたな。あんまり長いんでティータイムでもおっぱじめるのかと思ったぜ。騎士のくせに常在戦場って言葉知らねぇのかよ？　あ、テメェは騎士じゃなくてお貴族様だもんな。『わたくしぃ、ナイフとフォークよりも重たい物を持ったことありませんのぉ』てかぁ!?」

ダストンに合わせて、舎弟の男子たちも次々罵倒を浴びせてくる。

ノエルを辱め、戦意を折るために吐き捨てられる、過剰に下品な罵倒。

普段のノエルには効果てきめんだっただろう。

だが、今のノエルは普段の彼女ではない。

今のノエルは、普段以上にノエル・エスパーダなのだ。

「良く喋る口だな。よほど腕に自信が無いと見える。それとも、貴君の言う所の腰の剣ばかり振って腕はお留守だったかな？」

いつもなら絶対に言わない挑発を、だけど今回ばかりは意趣返しとばかりに不敵な笑みで口にした。

「んだとゴルァッ！」

ダストンの怒声と同時に、烈風が吹き荒れた。

ノエルは慌てず、腰を落として顔を伏せ、防御姿勢を取った。

メット、籠手、胸当て、脛当てが真空の刃を防ぎ切り、刃は雲散霧消しながら通り過ぎた。

腕を下げて、ノエルが余裕の笑みを浮かべた。

「これで終わりか？」

「なん、だと!?」

ノエルが、あの電光石火を超えた雷光石火の踏み込みでダストンとの距離を一息で踏み潰した。

軽いカーボン製とはいえ、鎧をまとった彼女は本当に前よりも速かった。

観衆の、舎弟たちの、そしてダストンの目が丸く固まった。

「破ぁああああああああああ！」

裂ぱくの気合いと同時に振り上げられたサーベルが、紅蓮の業火をまといながらダストンを直撃した。

ダストンは腕を下げ、籠手で守るも、その巨体は爆炎に吹き飛ばされてしまう。

「ぐっ、がっ……」

ノエルの猛攻は止まらない。

ダストンが地面に着地する前に、もう距離を詰めている。

続く剣撃の嵐に、ダストンは防戦一方だった。

サーベルの剣身を防ぎきれず、一本、また一本と鎧の隙間に切り傷を刻まれていく。

そこに、さっきまでの威圧感は無い。

一方で、赤く赫く炎をまといながら戦うノエルは美しく、まるで戦乙女のように気高く見えた。

「ふざ、けるな！　オレはいまバフポーションでスピードを上げているんだぞ!?　レベルだってオレのほうが上のはずだ！　なのに！　なのに何で!?」

狼狽するダストンに、ノエルはさらに剣筋を加速させながら語った。

「生憎と支援アイテムならば私のほうが遥かに上だ！　そして私とラビの友情の前には、レベル差など関係ない！」

鋭いサーベルがダストンのロングソードの根元を捉え、宙に弧を描いた。

巻き取られたロングソードはダストンの手を離れ、空中に飛び上がる。

互いの力量差が開いていなければ起きない現象だ。

「なぁっ!?」

くるくると無防備に回転しながら、剣は地面に突き刺さった。

「貴君の負けだ？　降伏しろ」

サーベルの切っ先を突きつけ、ノエルは鋭い声で降伏勧告をした。

誰の目から見ても勝敗は明白。

だがダストンは強張った顔でニヤリと笑った。

「とどめを刺さない。やっぱりテメェは女らしく男に媚び売ってるのがお似合いだよ！」

ダストンが拳を振り上げた。

「愚か者が！」

刹那の斬撃が、灼熱の炎の軌跡を描きながらダストンに閃いた。

紅蓮が爆ぜた。

吹き上がる旋風に、ノエルが大きく後退した。

「ノエル様!?」

ハロウィーが驚愕の悲鳴を上げた。

——嘘だろ!?　一体何が？

『かぜのけっかいー』

メッセージウィンドウで、イチゴーが教えてくれた。

まだ神託スキルを使っていないのにだ。

——俺が欲しがりそうな答えを学習しているのか？

「ッッ、貴君のスキルか？」

曲げていた膝を伸ばし、ノエルはサーベルを構え直した。

「ご名答。暴風の結界だ。言ってなかったか？　オレのスキルはこんな使い方もできるんだぜ。もう、テメェの炎は効かねぇよ！」

「ッ！　破ッ！」

横薙ぎの一撃と同時に、炎の斬撃が放たれた。

赤い三日月のような火炎がダストンに迫り、そして渦巻く暴風の結界に阻まれ、雲散霧消する。

「風と炎、相性は最悪みたいだな？」

「くっ！」

悔しそうに、ノエルは歯を食いしばった。

——俺のミスだ。

ストレージの中の魔法石で、一番品質がいいのが、あの炎石だった。

属性の相性を考えず、単純に一番威力の高い物を選んだ自分を恨む。

風魔法を攻略する方法は何かなかったか、俺は必死に思い出そうとする。

けれど、慌てているせいか、すぐには思い出せなかった。

——早くしろ、早く思い出せ。でないとノエルが。

ダストンが一歩ずつノエルに迫り、彼女は攻めあぐね、じりじりと後退していく。

そこへ、メッセージウィンドウが更新された。

『かぜはかみなりによわいよー』

俺は馬鹿だ。

こんな時のための神託スキルじゃないか。

でも、駄目な主に代わって、イチゴーが気を利かせてくれた。

——ありがとうイチゴー。おかげでノエルを救える！

再構築スキルを発動。

ダンジョン探索初日、イチゴーたちが地下二階層で見つけた隠しアイテムを、俺の曲がった剣に配合して、再構築した。

俺の手元から展開した青いポリゴンを投げ飛ばす。

「ノエル！　受け取れ！」

「ラビ!?」

弧を描いて落ちてくる青いポリゴンに、ノエルが飛びついた。

それを見咎（みとが）めたダストンが慌てた。

「させるかぁ！」

起死回生のアイテムを取らせまいと真空の刃を放つも、タッチの差でノエルが早かった。

ノエルは消えゆくポリゴンから剣を手に取った。

真空の刃は、ノエルの金髪をかすめ、数本切るにとどまる。

「くそっ！」

「これは……」

ノエルが目を見張るその剣にはめ込まれたのは黄色く光る雷石だ。

所有者の魔力に呼応して、雷の魔法を生み出してくれる。

雷光石火の騎士、ノエル・エスパーダにぴったりの剣だ。

「ありがとうラビ、これさえあれば百人力だ！」

「ぐっ、その色はまさか!?」

見た目だけで剣の性能を看破したらしい。

風魔法が不利と見るや、ダストンは落ちた自分の剣を回収するために走った。

けれど、それを許してやるほどの甘さは、ノエルに残っていない。

「喝っ！」

雷光石火の踏み込みで、ダストンとの距離を踏み潰す。

自身を守るすべの無いダストンは、苦し紛れに暴風の結界を展開するしかない。

ノエルの剣が、雷鳴を轟かせ、金色の光をスパークさせた。

「でりゃぁあああああああああああああああああああああ！」

上段から振り下ろされた渾身の一撃が、ダストンの暴風に喰らいついた。

金色の稲光は空気の中の通り道を通りジグザグに拡散してしまう。

が、同時に電気熱で空気は内側から瞬間的に膨張し、暴風の激流は四散した。

「なぁっ!?　あぁっ!?」

風と雷が相殺。

残るのは、無防備なダストンと、ノエル会心の一撃だけだ。

鋼の斬撃が、ダストンの脳天を直撃。

兜が割れて、ダストンは脳震盪でも起こしたようにフラついて倒れた。

「安心しろ。打ちどころは弁えた。誰か医務室に連れていってやれ」

ノエルは品格に溢れた立ち振る舞いで踵を返し、俺に向き直った。

視線の先で、彼女は目元を緩めて、柔和な笑みを浮かべてくれた。

「ラビ、勝ったぞ」

その笑顔があまりにも可愛くて、綺麗過ぎて、思わず心を惹かれた。

本当に、心底魅力的な子だと思う。

その彼女の頭に、何かが投げつけられた。

「クッ!?」

「ノエル!?」

小さなボール状の物はノエルに当たると破裂して、中から黒い煙が広がった。

煙はすぐにノエルを包み込み、姿を隠してしまう。

煙玉かと思うも、彼女が咳き込むと黒煙はすぐに晴れた。

どうやら、煙幕の類ではないらしい。

けれど、途端にノエルは膝から力が抜けたように体がグラついた。

「よし！　作戦通りだ！」

舎弟の男子たちが駆け寄り、ノエルを抱えた。

「ノエルから離れろ！」

走り出していた俺を睨みながら、男子の一人が叫んだ。

「動くな！　こいつの顔に深い傷が刻まれることになるぜ！」

「ぐっ」

思わず、俺は足を止めてしまった。

俺のポーションなら、たいていの傷は完治する。

けれど、傷痕が残らない保証は無い。

それに、一時的にでもノエルの顔に傷をつけられたくなかった。

「よし、おりこうだな。悪いけどこっちも引き下がれないんでね！」

「そこでおとなしくしていたら顔は無事で返してやるよ」

「仲間を使っちゃいけないなんて言ってないからなぁ！」

「これも作戦の内だぜ！」

「証人はみんなオレらと同じ平民だ。口裏合わせは頼んだぞ！」

さっき投げつけられたのは、体を麻痺（まひ）させる毒か、弱体化効果を持つ魔法が込められた、いわゆるデバフアイテムだったに違いない。

俺は自分の愚かしさを恥じた。

肉体強化のバフアイテムを用意しているなら、その反対もあってしかるべきだ。

万が一の時は、これでノエルを袋叩きにしろ。

そんな風に言われていたに違いない。

「いいかお前ら。ダストンさんが貴族に勝った。そう言って人を集めろ！」

「それから回復魔法を使える奴はダストンさんを回復させろ！」

「その間にオレらでこいつをてきとうに痛めつけるぞ」

俺は反射的に叫んでいた。

「おいやめろ。お前らの声は全部ゴーレムに記録されているんだぞ。何をやっても無駄だ！」

「うるせぇ！　だったらゴーレムが記録しているオレたちの声を消せ！　お前ならできるんだろ!?」

――それが狙いか。

目の前で、着々とノエルに危機が迫っている。

なのに俺は何もできず、歯噛みをした。

――イチゴー、どうやったらノエルを助けられる？

『むりー』

――そううまくはいかないか。

つい、気持ちが焦って俺の足が反応してしまう。

それを目ざとく気づいた男子が声を張り上げた。

「動くなって言ってるだろ！　こいつの目を潰すぞ！」

「いくら貴族と言っても片目じゃ嫁の貰い手がねぇだろうなぁ！」

「ぐっ……」

俺が苦悩していると、ノエルが虚ろな瞳を開けた。

「ラビ……」

「ノエル！」

朦朧とする意識を必死に手放すまいとするように震えながら、彼女は声を振り絞った。

「……貴君なら、眼帯姿の私でも嫁にもらってくれるか？」

その言葉と表情に、俺は万感の思いを感じた。

俺に向けられた最大限の信頼、絆、情。

ノエルには、家同士のつながりなんて関係ない。

本当に、俺を大切に思ってくれているんだ。

──どうすればいい。どうすればノエルを助けられるんだ!?

俺が握り拳を震わせ目をつぶろうとすると、メッセージウィンドウが更新された。

『しゃがんでー』

意味がわからないまま、俺はその場で素早く膝を折った。

「頼む！　ノエルを傷つけないでくれ！　代わりに俺を好きにしろ！」

「おうおうカッコイイなぁ。正義の味方気取り──」

ノエルに剣を突きつける男子の言葉は最後まで続かなかった。

一筋の射撃が男子の腕を貫き、その手から剣が落ちた。

「ぎゃぁああああああああああああああああああ！」

汚い悲鳴を上げて男子が地面に転がった。

仲間の惨状に他の男子が気を取られる。

その隙を見逃さず、ノエルは歯を食いしばり、フラつく足で跳び出した。

「ラビ！」

「ノエル！」

伸ばされた彼女の手を取り、俺は強く引き寄せた。

力なく俺に倒れ込み、足の甲を地面につけて、全体重を預けてくれるノエル。

ノエルの華奢な体が、腕の中に収まった。

それだけで、何物にも代えがたい安堵感で胸がいっぱいになった。

「テメェ！」

男子たちが武器を振り上げ、鬼の形相で追いかけてくる。

だけど、俺は少しも慌てなかった。

「全員出動！」

『しゅつどー』

『ぎょい』

『いくのだー』

『ヨンゴー、いっきまーすっす』

『ゴゴーのでばんなのです！』

五人に搭載した魔力バッテリーが起動。

五人の運動性能が跳ね上がった。

イチゴーたちの目が光り輝き、内部から凄まじい熱量と出力を感じる。

イチゴーとニゴーとサンゴーとゴゴーの四人が、男子たちにロケット頭突きをかました。

余ったヨンゴーは、腕を貫かれ地面を転がる男子に低空飛行で頭突きをした。

五人は体をくの字に折って絶叫する。

そこからは先日の再現だった。

イチゴーたちが五人をフルボッコのメッタ打ちにして、ひたすら男子たちの汚い悲鳴が溢れかえっていく。

ダストンも起きる気配はなく、俺は息を吐いた。

それから、体にもたれてくるノエルの軽さに気づき驚いた。

ノエルは幼い頃から剣術で全身を鍛え込んでいるし、色々と発育も良い。

だから、失礼だけどもっと重たいと思っていた。

でも、肩に乗る頭は小さく、腕の中の首は人形のように細く、肩は華奢で、ウエストは頼りなかった。

本当に、ノエルは女の子なんだなと思う。

――こんな細いカラダで、あの剣捌きを。本当にすごいよ。自慢の幼馴染だ。

思わず、彼女を抱きしめる腕に力が入ってしまう。

「すまんラビ、油断した……」

「気にするなよ。それに助けたのは俺じゃない」

可憐でたおやかなノエルを腕の中に感じながら、俺は振り返った。

「ノエル様！」

人混みをかき分けて走ってきたのは、我らの名スナイパー、ハロウィーだった。

「だいじょうぶですか!?」

深刻そうな顔で詰め寄ってくるハロウィーに、ノエルは微笑を見せた。

「ああ。だいぶ良くなった。どうやら効果は短時間らしい。考えてもみれば、当てるだけで長時間無力化させるアイテムなど、奴らが持っているわけもない」

そりゃそうだ。

そんなチート兵器があれば、とっくに所有者が世界を牛耳っている。

さっきのはある程度消耗している人に対して、ほんの一時的に眩暈を起こさせる程度のものだろう。

「ありがとうハロウィー。貴君がいなければ危なかった」

「いえ、わたしはノエル様の領民ですから。助けるのは当然です！」

背筋を伸ばして姿勢を正すハロウィーに、ノエルはかぶりを振った。

「敬語はよしてくれ。私たちは同じ学園に通う同学年で、貴君は私の恩人だ」

「で、でも領主様のお嬢様相手にそんなこと……」

恐縮しきってしまうハロウィーに、ノエルは聖母のように微笑を浮かべた。

「私の友達になって欲しい。それとも、貴族の友達は嫌か？」

ノエルの温かい眼差し(まなざ)と声音に、ハロウィーの顔から緊張が抜けた。

「いいえ、ううん。友達になろう、ノエル♪」

二人の少女が笑みを交わし合い、両手を握り合った。

俺は、彼女たちの仲間であることが、心の底から誇らしかった。

「ところでラビ、あの人たちだいじょうぶなの？」

きっと、前回のことを思い出したのだろう。

ハロウィーは心配そうに男子たちに目線を向けた。

前は加減知らずに男子たちを痛めつけていたイチゴーたちは、ちゃんと顔への攻撃はほどほどに、首から下を重点的に攻撃していた。

死なないように、加減している。

——さっきの神託スキルもだけど、みんな学習して成長しているんだな。

まるで我が子の成長を感じる親の気分で、なんだか嬉しくなった。

あとでいっぱいなでまわしたい。

だけど、俺とは違い、たとえ命に別状が無くても敵が悪党でも慈愛の心を忘れない天使のような子がいた。

「みんな、そろそろやめてあげていいんじゃないかな？」

ハロウィーがイチゴーたち、もといギッタギタにされている最中の五人に歩み寄った。

「くそがぁあああああああ！」

男子の一人が、やせ我慢をしながら強引にイチゴーを振り払った。

それから、恩を仇で返すようにハロウィーへつかみ掛かる。

「え？　え？」

「きっとオレらは退学にさせられるんだ！　だったら道連れだ！」

男子が右手でハロウィーの首を抱えながらうしろに退いて、顔にナイフを添えた。

余った左手を頭上に掲げると、そこには炎石のように赤い水晶玉のような物が光っている。

「こいつはダストンさんから預かった爆炎玉だ。こいつを解放すれば、ハロウィーはただじゃ済まないぜ！」

「ッッ」

俺とノエルは固まった。

ゴーレムは全員こっち側にいる。

スピード特化のニゴーでも、男子が爆炎玉を解放するほうが早いだろう。

俺が苦悩していると、何も聞いていないのに、メッセージウィンドウが更新された。

『こっちもひとじちをとるー』

振り返ると、イチゴーたちは残る四人の男子たちの頭をつかみ、拳を構えていた。

「なら人質交換だ。こっちは四人、そっちは一人。十分だろ？」

ちょっと卑怯だけど、俺は正義の味方じゃない。

目には目を、歯には歯をだ。

けれど、男子は吐き捨てるように言った。

「けっ、そいつらのことなんて知るかよ！　やりたきゃ好きにやれ！」

「なっ⁉」

信じられない。

仮にも仲間を、簡単に見捨てた。

『けんさくちゅう』

イチゴーは、長考に入ってしまった。

俺も他の手を考えるも、すぐには思い浮かばなかった。

こうしている間にも、爆炎玉が解放されてしまうかもしれないのに。

その事実が焦りを生み、思考が空回りしてしまう。

すると、ハロウィーが意を決したように、けなげな声を張り上げた。

「ラビ、こんな奴の言うことは聞かないで！　わたしは平気だから！　死ななければ、ラビのポーションですぐに治るもん！」

そんな問題じゃない。

あとで治るから傷ついてもいいなんて、俺は思いたくない。

「こんな時までイチャつくんじゃねぇ！　いくぞ！」

爆発前の兆候であるかのように、爆炎玉が強く輝き始めた。

「キャッ！」

「やめろぉ！」

俺が体当たりをするように突進すると、男子は計画通りとばかりに黒く笑った。

「テメェが本命だよバーカ！」

男子はハロウィーから手を離すと、そのまま刃物の切っ先を俺に突き出してきた。

勢いのついた俺の体は今さら止まらない。

――くそ、間に合え！

何かに請い願いながら、腹にストレージのポリゴンを出現させる。

鋭利な切っ先が、皮膚を突き破り、肉に深く食い込んだ。

「いやぁあああああ！」

「ラビが刺された!?」

「ッッ」

腹に鋭い衝撃が奔（はし）った時、視界のメッセージウィンドウが更新された。それも、凄まじい勢いで。

『条件が達成されました』

『これより、イチゴーの■■■■システムを起動』

『デウ■・エ■■・マキ■稼働』

『■■■■コネクト完了』

『コード■■■■■■■■を始動します』


これは。

——なんだこれは？　読めないぞ？　というかこれ、イチゴーのメッセージなのか？　それに、
メッセージウィンドウのイチゴーのアイコン。

その右上についている二つのエンブレムのうち、女神マークのほうがチカチカと光っている。

イチゴーの動きが止まった。

イチゴーから、ただならぬ威圧感を感じる。

それから、丸い体にブロック状のラインが走った。

そこから薄い光が溢れる。

それは、まるで何かのカギが外れて、拘束が破られるような、危険な気配がした。

「待てイチゴー、お前何を——」

俺の声をかき消すように、イチゴーから鋭い光が放たれた。

まばゆい光に俺の視界は白く飛ばされて、意識を失うような無重力感に襲われた。

気が付くと、俺は自分の部屋の天井を見上げていた。

ただし、学生寮じゃない。

実家の伯爵家の部屋でもない。

前世の、日本で高校生をしていた時の部屋だ。

子供の頃から愛用しているベッドに学習机。

本棚に並ぶ雑誌と漫画、ライトノベルに参考書。

隣のパソコンデスクのノートパソコン、テーブルの上のスマホや、床の上に転がるロボット掃除機とロボドッグ。

それに、家庭用3Dプリンタで作った巨大ロボと美少女ヒロインのフィギュア。

十五年前まで俺が生活していた部屋だった。

服装も、いつもの部屋着だ。

「なんだ、これ……？」

一瞬、今までの十五年間が全て夢だったのかと思った。

異世界転生するという、長く壮大な夢。

本当の俺は今でも日本の高校生で、この前卒業式が終わったばかりなのかもしれない。

でも、そうした考えを全て否定するような非日常が顔を出した。

「ん？」

ベッドの陰から、ピンク色の髪をした女の子が頭を出した。

歳(とし)は十歳ぐらいだろうか。

ハロウィーよりも小柄で、顔にも幼さが残る。

白いワンピース姿でベッドの上に転がり、そのままころころと回りながら俺のいる床にぽちょんと落ちた。

「えっと、君、誰？」

少女は何も言わず、にぱーっと満面の笑みを浮かべながら、俺のお腹に甘えてきた。

小さなつむじが愛らしく左右に揺れていて可愛い。

つい、そのこぶりな頭をなでてしまう。

――あたたかいな。それに体もぷにぷにだ。

少女の魅力に心を揺さぶられていると、ノートパソコンが起動した。

ハッとして顔を上げると、ノートパソコンの画面に何かがタイピングされている。

立ち上がろうとしても、少女が放してくれなかった。

仕方なく、彼女を抱き上げる。

彼女は無言のまま、満開の笑顔で俺に頬ずりしてくる。

むにむにのほっぺがとても心地よい。

だけど、今はその感触を楽しむ余裕は無い。


『こんにちは』

『ユーザー変更を承認』

『アカウント作成を完了』

『生体認証設定を完了』

スマホの初期設定画面のような文字列が並んでいる。

続けて、モニタリング会議のような画面に変わった。


『■■■■さんが招待されました』

『マイクオン』

『カメラオン』


『えーっと、これ映っている？』

途端に、パソコンから声優のようなアニメ声が流れてきた。

続けて、テレビのチャンネルが切り替わるように美少女の顔が映った。

目が大きく、長い黒髪の美しい女子だった。

「日本人？」

顔立ちが、ハロウィーやノエルのような異世界人とは明らかに違った。

日本のアイドル然とした、目を奪われるような美少女だ。

『はじめまして。私は、あ、ごめん！　ちょっと待って、これ録画だから、君の質問には答えられないんだ！』

少女はたどたどしく慌てふためいて、なんだか素人動画配信者のデビュー動画みたいだった。

それか、初めて撮影するビデオレターか。

『じゃあ手短に話すけど、君はその子の……なんだろう？　親？　所有者？　飼い主？　う～ん、どれも違うよねぇ。彼氏君、夫、いや、男の子かどうかわからないし、だけどすっごく可愛いからコーフンしちゃうよね♪　えへへ』

頰を緩めながら、少女はだらしなく笑った。

いったい、さっきから何がどうなっているんだ？

――その子って、この子だよな？

桜髪の少女は俺の腕の中で、俺の胴体を両手両足で挟み込んでくる。かわいい。

『とにかく、その子は君の味方だから。いっぱい可愛がってあげてね。それで、もしも悪い子になりそうだったら、ちゃんと叱ってあげてね。お願いね』

徐々にまくしたてるように話す黒髪の少女。

何故か、最後はちょっと泣きそうな顔に見えた彼女の映像はそこで終わった。

ノートパソコンの画面は真っ暗だった。

いや、俺の視界そのものが真っ暗だった。

気が付けば、胴体をしめつける感覚も無くなっている。

視線を落としても、ピンク色のつむじは見えない。

いや、体の感覚すらも失っていた。

そのまま、眠りにつくように意識が遠のいていった。


背中に地面の硬さを感じて、意識が戻ってきたことを自覚した。

目を覚ますと、視界いっぱいに青空が広がっていた。

雲一つ無い空に距離感も失い、空に吸い込まれ落ちていくような錯覚を覚える。

上体を起こすと、周囲には数えきれないほどの生徒たちが倒れていた。

俺らを中心に放射状に倒れる様から、まるで爆心地の衝撃で飛ばされたようにも見える。

「そうだ、ハロウィー！」

彼女は無事だった。

五人の男子たちから離れ、俺のすぐ近くに、ノエルと肩を並べて寝息を立てている。

ノエルたちの頭の近くでは、ゴーレムたち五人が勝利のダンスをくるくると踊っている。かわいい。

もちろん、イチゴーも一緒だ。

——元に戻った？　なんだったんだ、あれは？

メッセージウィンドウでチカチカと光っていた女神のエンブレムも、今はなんともない。

「ん、ラビ？　わたしたち……」

「これは……何がどうしたんだ？」

目を覚ましたハロウィーとノエル。

二人になんと説明すればいいかわからず、俺は一瞬の間に散々苦慮した末に、まだくるくると踊り続けるイチゴーたちに親指を向けた。

「イチゴーたちが倒してくれたぞ！」

「あ、やっぱり？」

「貴君のゴーレムは底無しに凄いな！」

「だよな、本当、頼りになる連中だよ」

いい感じに誤魔化せたので、俺は全力で肯定した。

「そうだラビ、お腹刺されていたよね!?」

「大丈夫そうだが、ポーションを飲んだのか？」

「いや、こいつのおかげだ」

そう言って俺が見せたのは、ナイフが突き刺さった魔獣の前足だった。

前にイチゴーたちが手に入れた素材の一つだ。

ナイフの鋭利な切っ先が、皮膚を突き破り、肉に深く食い込んでいる。

「とっさにこいつをストレージから出して防いだんだよ」

「よかったぁ」

「あぁ、ラビが無事で良かった」

二人が見せてくれた安堵の表情から俺への親しみが伝わってきて、胸が幸せでいっぱいになった。

それからは当然と言えば当然だけど、先生たちが駆けつけて事件は収拾された。

今回もゴーレムたちのやまびこスキル――録音機能――が大活躍で、ダストンと男子たちには厳しい罰が下るらしい。

他の生徒たちは、俺の持つアイテム生成能力とイチゴーたちの性能に驚き、いつまでもざわめいていた。

地盤ができていないのに悪目立ちしても、他人から利用されるだけだ。

凄いのは俺ではなく、ノエルの剣術だと思ってくれればいいんだけど。

――それにしてもみんな、平民落ちの俺だけじゃなくてノエルにも酷いこと言っていたな。

面識も無いのに、貴族というだけであの批判ぶり。

――貴族って、本当に嫌われているんだな……。

なんて思っていると、ノエルが体を寄せてきた。

「なぁ、覚えているかラビ？」

「な、なにをだ？」

近い。

ノエルは美人なので、急に顔を寄せられるとドキリとしてしまう。

俺が冷静を装っていると、彼女は可愛く頬を染めながら、ためらいがちにくちびるを開いた。

「戦争の無い今、ダンジョンを攻略して領地に富と繁栄をもたらすのが貴族のたしなみだ。だが女は大人になれば他家に嫁いで剣を置く。昔、それを悲しむ私にキミは言ったな？『なら、旦那さんより強くなればいいんだよ。僕も陰から応援しているよ』と」

「あ～、言ったなそんなこと」

「陰から表に出てしまったな」

「う……いやでもほら、凄いのはイチゴーたちであって俺じゃないし」

「だからそのゴーレムを作ったのは貴君だろう？」

ノエルが視線を周囲に向けると、意識を取り戻した生徒たちが口々に囁き合っていた。

「ラビってあんな凄いゴーレム使いだったのか……」

「最後の光って全体デバフ魔法？　あんなの先生でも無理でしょ？」

「平民落ちって言っても、やっぱ名門シュタイン家だよな……」

「いや、僕ラビのお兄さんの戦い見たことあるけど、ラビのほうが断然凄いよ」

「ラビ君って、もしかしなくてもとんでもない天才なんじゃ……」

──なんで？　いや、この世界ではスキルは才能の一部だから、こうなるのか。

俺が頭を悩ませる一方で、ノエルは何故か、ちょっと嬉しそうだった。

「それとラビ、以前はもめ事を避けていたのに、何か心境の変化か？」

「それは……」

前世の記憶を思い出した影響なのだが、そんなことを言っても信じてもらえないだろう。

俺は誤魔化すように頬をかきながら話題を逸らした。

「ノエルを守るためだよ。でも、お前もどうしてこんなに頑張ってくれたんだ？」

今度はノエルが黙る番だった。

けれど彼女は必死になって、さっき以上に絞り出すような声で告白してくれた。

「好き……なんだ……」

「え？」

キュン、とトキメいてしまう俺の前で、ノエルは慌てて視線を逸らした。

そして、ニゴーを抱き上げる。

「ゴーレムが！」

「そ、そうか」

だよな。と納得した。

ハロウィーといい、ノエルといい、ゴーレムたちはモテモテである。

それからノエルは妙に赤い顔をニゴーで隠しながら、チラチラと俺の顔色をうかがってきた。

「それとだなラビ。貴君が貴族科に戻る気が無いならいい。だけど、これからも仲良くしてくれるか？」

あまりの愚問に、俺は快く頷いた。

「当たり前だろ」

ノエルの美貌に、満開の笑みが咲いた。

◆

その日の夕方。

俺の暮らす、平民科の男子学生寮のドアが三回ノックされた。

平民科のドアに覗き窓は無いので、相手はわからない。

俺が居留守を使っていると、聞き覚えのある声がして、ドアを開けた。

すると、そこには平民科のスター、クラウスが立っていた。

「どうしたんだクラウス？」

「いや、ちょっとね。聞いたよ。僕のいない間に色々あったらしいね」

なるほど、その件かと納得した。

訓練場で起こした決闘は大騒ぎになっていて、学園のホットニュースだ。

俺が学生寮に引きこもっているのも、外にいれば何を聞かれるかわからないからだ。

「まぁな、とにかく入れよ」

ずっと居留守で誤魔化していたのだ。

クラウスを部屋の中に招き入れると、俺はお茶の準備をした。

ストレージ内から、ヤカン、カップに水、薬草の茶葉、そして炎石で作ったコンロを取り出す。

「あれが、全体デバフ魔法を使った子かな？」

「あぁ。起こさないであげてくれよ」

クラウスが視線を向けたのは、ベッドの上で目を横線にして眠るイチゴーだった。

寮に帰るなり、イチゴーはずっとシステムアップデート中に入ってしまった。

そんなところもスマホっぽい。

いや、強制アップデートと考えるとパソコンか。

メッセージウィンドウの顔アイコンも、サンタさんみたいな三角帽子をかぶっていてとても可愛い。

「いまお茶淹れるから、てきとうに座ってくれ」

「ありがとう。このテーブルと椅子、変わっているね？　貴族時代のかい？」

「ま、まぁな」

俺が再構築スキルで作った、上質なテーブルと椅子に座ると、クラウスはあらためて尋ねてきた。

「ところで平民と貴族の決闘で、貴族側のサポートをしたって聞いたよ。君は貴族に戻りたいのかい？」

「ああ。戻りたいぞ」

「…………」

「そのほうが安全だしな」

「どういうことかな？」

水が沸騰するのを待ちながら、俺は振り返った。

「別に、偉ぶりたいとか特権が欲しいわけじゃない。この世界は身分制度の布かれた封建社会だ。

あらゆるものが貴族のほうが有利にできているだろ？」

テーブルに腰をもたれさせて、俺はけだるげに語った。

「けどさ、今回のことで平民がどれだけ大変か、貴族をどう思っているか肌で感じて思ったんだ。貴族に戻れば俺は平穏に過ごせるけど、それでいいのかなって想いもある」

ハロウィーと一緒に平民コンビとして活躍して、平民の地位を向上させる。世界を変える、平民を救う。

なまじチートスキルを持っているせいだろう。

そんな、物語の主人公みたいなことを考えてしまう自分がいた。

俺がしみじみと語ると、遮ることなく最後まで話を聞いてくれたクラウスが穏やかな顔で席を立った。

「みんなが言っているよ。一撃で周囲全ての人を意識不明にさせる全体デバフ魔法はまるで魔王みたいだと」

その言葉に、俺はメッセージウィンドウで女神のエンブレムの隣に並ぶもう一つのエンブレムを意識した。

「でもね、僕は思うんだ。悪漢から少女を守るために行使された救いの光。それはまるで女神じゃないかって」

クラウスの足はゆっくりとベッドに向かった。

そして、ぐっすりと眠るイチゴーを見下ろした。

「君はまるで小さな巨神兵だね」

聖人のような笑みで彼はそう言った。

あとがき

はじめまして。

オーバーラップノベルス読者の皆様。鏡銀鉢(かがみぎんぱち)です。

あとがきというものは作品の創作秘話や作者の近況を書くことが多いのですがやめましょう。

どんな紆余曲折(うよきょくせつ)があるにせよ完成した原稿が全てですし創作秘話は本作が超絶人気作品になって読本的なものや資料集が発売された時に語ればいいかなと思います。

作者の近況もそもそも発売されるのは二か月以上先ですし発売から数か月後に購入する読者もいるでしょうし、それってもう近況？　ですよね。

というわけでうだうだ言いましたが私が読者の皆様に伝えたいことは、

うちのゴーレムって可愛(かわい)いよね！


です。

本作のメインヒロインはゴーレムです。

ゴーレムが一番可愛いんです。

ゴーレムによるゴーレムのためのゴーレムを愛(め)でる小説。

それが本作です。

小さくて丸くて優秀で甘えん坊な彼?らを見ていると癒されます。

私もイチゴーたちが欲しい！

世界中の機械メーカー様、早くゴーレムを作ってください！

ノーゴーレムノーライフです！

ＡＩは仕事を奪うなんて言われますけど私はそうは思いません。

本作で書いているようにあくまでもサポートしてもらう人類のパートナーです。

私だって例えばＡＩに、

「次回作は●●を題材にするから関連本十冊の内容をまとめておいて」

とか言ったら重複している部分を省いた資料をぽんと作ってくれたならば仕事が随分助かります。

「前の巻でＡがなにそれするシーンあったと思うんだけど何ページ目だっけ？」

とか聞いたら一瞬で答えてくれたら便利です。

「●●のアイディア、どこかのファイルにメモったはずなんだけどどのファイルだっけ？」

とか聞いたら一瞬で答えてくれたら嬉しいです。

何よりも、

「最近のラノベ読者ってどんなの読みたがっているの？」

とか聞いて、ネット上のビッグデータから分析して教えてくれたらかなり嬉しいです。

おっとまだページがありますね。

では私なりに本作の目標を！

グッズ化とゲーム化したいぃいいいいいいいいいいい！

具体的にはイチゴーたちゴーレム型のクッションとか欲しいいいい！

膝の上にのっけておくやつぅううううう！

あと頭が平らだから足のっけておくアレとか。

それに作中で主人公が何度も放置ゲームみたいと言っているようにゲーム化して欲しいですね。

大量のゴーレムたちに仕事を割り振って放置していたら素材や経験値を集めてきてくれる感じで。

素材をゴーレムに配合したら強くなるとか本作の内容はちょっとゲームを意識しています。

そしてそれをみんなに遊んでもらってＳＮＳとかで「いまうちのゴーレムが～」とかみんなに書き込んで欲しいですね。

画面の中をちっちゃくて丸くて可愛いゴーレムたちがみにみにもちもち動きながら素材を集めてきたり何かを建築したり魔獣と戦ったり、考えるだけで可愛いじゃないですか。

そしてゆくゆくはスパロボに参戦を！　（どうやって？）

装備アイテム扱いで！　（ハロかな？）

などと喋（しゃべ）っている間に長くなってしまいましたがそろそろお別れの時間です。

最後は王道に謝辞を。

本作制作に多大な助力を頂いた担当様、イラストを担当してくれた詰め木（つき）様、他、私が原稿データを送信してから貴方（あなた）に届くまでにかかわった全ての人々に感謝を込めて、ありがとうございます。

２０２４年４月　鏡銀鉢

巻末特典小説

●イチゴーたちの、ブラックコント1

『イチゴーたちの、ブラックコントー♪　みらいからきました』

イチゴーがベッドの上に跳び乗ると、ニゴー、サンゴー、ヨンゴー、ゴゴーが驚いた。

『む!?　どうしたイチゴー。ずいぶんとおとなっぽいではないか!?』

『ぼくはじゅうねんごのみらいからきたイチゴーだよー』

イチゴーが両手をあげてちょこちょこ足を動かし珍妙な動きをすると、サンゴーたちは体を小刻みに振動させて動揺した。

『すごいのだー、みらいのことをおしえてほしいのだー』

『ごめんねサンゴー。みらいのことはおしえちゃいけないきまりなんだー』

『ざんねんなのです。ゴゴーがしょうらいどうなっているかしりたかったのです』

『あはは、わるいことにはなっていないからだいじょうぶだよー』

イチゴーはもちもちころころと笑った。かわいい。

『ちぇっ、ヨンゴーがしょうらいどんなスーパーロボットになっているかおしえてほしかったたっす』

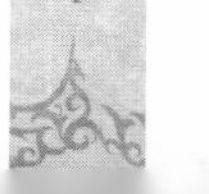

『え……ヨンゴー？』

そこで、ふと、イチゴーの動きが止まった。

『なんで……あ、そ、そうか、そうだよね！　このときはまだヨンゴー！　うん！　うん！　げんきでよかったよ！』

イチゴーは涙ぐむジェスチャーで目元を拭った。

ニゴーが一歩前進。

『どうしたイチゴー、まさかヨンゴーはしぬのか？』

『ニゴォオオオオオオオオ！』

イチゴーの鋭い左フックがニゴーの顔面をひっぱたいた。

ニゴーはぐるりと一回転してから勢い余り、ベッドの上にごろんと転がった。

『えんぎでもないこといわないでよ！　たとえじょうだんでもしぬとかいっちゃだめなんだよ！　ヨンゴーがしぬわけないじゃないか！』

『ちょっ、なんすかそのはんのうは？　みらいのヨンゴーまじでどうなっているんすか？』

『だいじょうぶ！　だいじょうぶだから！　ヨンゴーはしなないもん！　ヨンゴー、みらいのきみはかちぐみで、おかねもちで、みんなから、あいされていて、しきにはおおくのひとがさんれつ、じゃなくてさんかして、とにかくきみはだいじょうぶだから！』

『まってくださいっす！　ふあんしかないんすけど！　みらいのヨンゴーになにがおこるんすんか!?』

『あ、そろそろじかんだ。もわわわわ～ん、もわわわわ～ん』

イチゴーは体をくねらせながら、ちょっとずつベッドの端に下がっていく。

同時に、さっきひっぱたかれたニゴーはベッドの下に落ちて、反対側に回り込んだ。

『ヨンゴー！　これだけはおぼえておいて！　さんねんごのしがつよっか！』

ニゴーがイチゴーの体を押さえた。

『じかんけいさつだ。そこまでだぞイチゴー』

『あー、まって、まって！　あとすこしだから！　ヨンゴー！　みらいのきみはだいじょうぶだけど！　だけどさんねんごのしがつよっかは！　もわわわぁ～ん』

イチゴーとニゴーはベッドの下にころりと落ちた。

『イチゴォオオオオオオオオ！』

ヨンゴーは手を伸ばしたポーズのまま硬直。

その肩を、サンゴーとゴゴーが優しく叩(たた)いた。

『ヨンゴー、これからまいにちいっしょにあそぶのだー』

『ヨンゴー、いっしょにたくさんしゃしんをとるのです』

『おもいでをのこすきまんまんっす!?』

と、そこでイチゴーとニゴーもベッドに上がった。

『じゅうねんごー』

『あれ？　イチゴーどこにいっていたんすか？』

『ちょっとじゅうねんまえにね』

『ところであれからじゅうねんたつっすけど、ヨンゴーなんともないっすよ？』

『え？　だからぼくいったじゃない。だいじょうぶだからって。にやにや』

『くがぁあああああああ！　まさかイチゴー、じぶんをだましたっすか？　ヨンゴーがあれからどれだけなやみくるしんだか！』

『うそはいってないもーん』

イチゴーとヨンゴーはベッドの上でぐるぐるとおいかけっこを始めた。

その円の中心で、ニゴーたちは頭上にテロップを出した。

『ヨンゴーがしぬとおもってさんざんぜいたくさせてあげちゃったぎせいしゃさんにん』

俺は噴き出した。

●イチゴーたちの、ブラックコント2

『イチゴーたちの、ブラックコントー♪　げんだいヒーロー』

イチゴー以外の四人がベッドの上に跳び乗ると、タバコや酒瓶を顔に押し当てた。

『ふはははは！　そうりだいじんをひとじちにしてやったのです！』

『これでこのくにはわれわれのものなのだー』

『けいさつなんてこわくないのです』

そこでメッセージウィンドウが更新された。

――本作の登場人物は二十歳以上です。二十歳未満の飲酒、喫煙は法律で禁止されています。

『われをじゆうにせよ』

どうやらニゴーが総理大臣役らしい。

――シナリオ上の演出です。誘拐は犯罪です。

『まてー』

そこへイチゴーがベッドの上に跳び乗った。

『うわっ、まどをけやぶってだれかがとびこんできたっす』

――番組上の演出です。窓ガラスを割る行為は大変危険です。

『あくはけっしてゆるさない。ゴーレムかめんさんじょう！』

『ふざけるなななのです。みんな、やっちまうのです』

ゴゴーたちはイチゴーに立ち向かうも、三人は次々叩き飛ばされてしまう。
——暴行、傷害行為は犯罪です。
ゴゴー、ヨンゴー、サンゴーがころころとベッドの上から転がり落ちる。
そして三人はベッドの端から再登場。
『けいさつなのだー』
『はんにんたいほにきょうりょくかんしゃっす』
『それはそれとしてあなたもたいほするのです』
『え？　なんでー？』
体をかしげるイチゴーに、サンゴーたちは告げた。
『はいこうじょうのまどがらすをわるのはきぶつそんかいなのだー』
『でも、そうりをたすけるにはひつようだし』
『いりぐちからはいればいいのだー、まどがらすをわるひつぜんせいがないのだー』
『あとゆうかいはんへのぼうこう、しょうがいざいでたいほっす』
『まって、このひとたちはわるものなんだよ？』
『はんざいしゃにはいほうこういをしていいほうりつはないっす』
『でもそうりをたすけたんだよ？　ひつようなことだよね？』
『けいさつけんのないあなたにそのけんりはないのです』
『え……』

ベッドの上からニゴー以下四人が跳び下りて、イチゴーはふてくされたように寝転がる。

ニゴーは語った。

『こうしてゴーレムかめんはたいほ。しゃくほうされたゴーレムかめんのこころに、せいぎのさんもじはなかった。ひとよりもほうりつがゆうせんされるこのしゃかいにあすはあるのか、それはだれにもわからない……』

今度はサンゴーたちが騒いだ。

『だれかたすけてなのだー。わるものがあらわれたのだー』

『ゴーレムかめんはどこっすかー』

『このままではまちがほうかいするのです』

イチゴーはちょっと体を揺らしてから、また寝転がった。

『どうせぼくがたすけてもつかまるんだよね。じゃあけいさつにまかせればいいよね……』

それでも、サンゴーたちが救いの声を上げ続けると、イチゴーは起き上がった。

『まったく、そんなしょうぶんにうまれちゃったよ。けいさつがこわくて、せいぎのヒーローなんてやれないよね』

イチゴーはベッドの外へ跳び出した。

部屋の照明が暗転。

また明るくなると、ベッドの上にはイチゴーが、そしてその前にニゴーたち四人が並んでいた。

『みんな、あくはさったよ』

『ありがとうゴーレムかめん』

『それはそれとしてさっきのせんとうでうちのいえがこわれたのだー』

『こわれたまちをだれがなおしてくれるっすか？』

『まったく、もっとかんがえてたたかってほしいのです』

『え……』

『ゴーレムかめん、きさまをさいたいほする』

ニゴー以外の四人がベッドの下に消える。

ニゴーがぐるりと俺の方を向いて語った。

『たすけてもらってとうぜん。なにもあたえずようきゅうばかり。おのがつごうでせいぎをこくしする、じしょうぜんりょうなしみん。はたして、しんのあくはだれなのか、せいぎとはなんなのか、われわれはいまいちど、かんがえなおすひつようがあるのかもしれない』

イチゴーたちがベッドの上に飛び乗った。

『このよにたすけるかちなどないー！』

『あんこくめんにおちたしゅんかんっす！』

サンゴーとゴゴーが、イチゴーの頭に黒い布を被（かぶ）せた。

俺は噴き出した。

●イチゴーたちの、ブラックコント3

『イチゴーたちの、ブラックコントー♪　さいゆうきー』

五人がベッドの上に飛び乗ると、イチゴーはさらにニゴーの頭の上に乗った。

それから、イチゴー以外の四人はその場で足踏みを始めた——足が短すぎてよくわからない——。

くまでみたいな小道具を持っているゴゴーが猪八戒役だろう。

サンゴーはさすまたみたいなものを持っているから沙悟浄。

棒を握るヨンゴーが孫悟空に違いない。

なら、ニゴーが馬で、その上に乗るイチゴーが三蔵役で間違いない。

『さんぞうさん、おなかすいたっすね』

『すいたのだー』

『だけどつぎのまちまでまだけっこうあるのです』

『そうだねー、ところできぞくたちのあいだではブタのまるやきというのがたべられているんだってー』

『ふーん、そうなのですか……ん？』

イチゴーの無機質な視線が、ジッとゴゴーを見つめていた。

部屋の照明が暗転。

次に明るくなると、ゴゴーが消えていた。

いや、おでこに死んだ人がつけている白い三角のアレをつけて、背後でもちもちと踊っている。

だけど、イチゴーたちはゴゴーが見えていないように振舞っている。

『さんぞうさん、おなかすいたっすね』

『だけどつぎのまちまではまだけっこうあるのだー』

『そうだねー、ところでききんのときにはサルののうみそがたべられたらしいよー』

『ふーん、ぶっそうなじだいっすねー……ん？』

イチゴーの無機質な視線が、ジッとヨンゴーを注視していた。

部屋の照明が暗転。

次に明るくなると、ヨンゴーが消えていた。

ヨンゴーもおでこに白い三角を張り付けて、背後でゴゴーと一緒にもちもちころころと踊っていた。

ベッドの上にニゴーが倒れていて、イチゴーとサンゴーが寄り添っている。

『さんぞうさん、はくりゅうがびょうきでたおれてしまったのだー』

『そうだねー、ところでカッパのミイラってばんのうやくになるらしいよー』

『ふーん、そうなのだー……ん？』

イチゴーの無機質な視線が、ジッとサンゴーを凝視していた。

部屋の照明が暗転。

次に明るくなると、サンゴーが消えていた。

サンゴーもおでこに白い三角を張り付けて、背後でゴゴーやヨンゴーと一緒にもちもちころころまるまると踊っている。

ベッドの上には、足踏みするニゴーの頭の上に乗るイチゴーの姿しかなかった。

『たすかったぞさんぞう。てっきりたべられてしまうかとおもった』

『そうだね。たしかにばさしってあるもんね』

『うむ』

『だけどきみはたいせつなあしだからね、さいごまではたべないよ』

『うむ？』

『あとつぎのまちまではまだけっこうあるよね』

『うむ……ん？』

イチゴーの無機質な視線が、ジッとニゴーを見下ろしていた。

部屋の照明が暗転。

次に明るくなると、ニゴーが消えていた。

ニゴーもおでこに白い三角を張り付けて、背後でゴゴーやヨンゴー、サンゴーと一緒にもちもちころころまるまるくるくると踊っている。

そしてイチゴーがひとりで足踏みをしていると、四人はおでこの白い三角を剝がしてから移動。

イチゴーの前に並んだ。

『てんじくまでよくきたのです、さんぞうほうし』

『えんろはるばるごくろうだったっす』

『おともはいないのだー？』

『うん！　ぼくひとりー！』

ここでニゴーがぐるりとこちらを向いてきた。

『こうしてさんぞうはてんじくにとうちゃくし、せかいをすくいえいゆうとなった。だが、そのかげになかまのぎせいがあったことはだれもしらない。せいれんけっぱくにみえるえいゆうも、うらのかおがあるかもしれない。メディアにだまされてはいけない。おもてのかおにゆだんしてはいけない。おには、だれのこころにもひそんでいる。そう、あなたのなかにも』

それから、両手を額に当ててツノのように立てた。

イチゴーがベッドから跳び下りて、俺の胸板に飛び込んできた。

『おにー♪』

俺は噴き出した。

「ところでさっきから部屋の照明をいじっているのは誰なんだ？　……なんで急に黙るんだ？」

イチゴーたちは無言のままに向かい合い、そして五人そろってゆっくりと俺に歩み寄ってきた。

『ドゥルルルル、ドゥルルルルルッル、ドゥルルルル、ルルルルル』

こうして俺は、世にも奇妙な物語へといざなわれていった。

作品のご感想、
ファンレターを
お待ちしています

あて先

〒141-0031　東京都品川区西五反田 8-1-5 五反田光和ビル4階
ライトノベル編集部
「鏡 銀鉢」先生係／「詰め木」先生係

スマホ、PCからWEBアンケートにご協力ください

アンケートにご協力いただいた方には、下記スペシャルコンテンツをプレゼントします。
★本書イラストの「無料壁紙」　★毎月10名様に抽選で「図書カード（1000円分）」

公式HPもしくは左記の二次元バーコードまたはURLよりアクセスしてください。
▶ **https://over-lap.co.jp/824008558**
※スマートフォンとPCからのアクセスにのみ対応しております。
※サイトへのアクセスや登録時に発生する通信費等はご負担ください。

追放転生貴族とハズレゴーレムの異世界無双 1

発行　2024年6月25日　初版第一刷発行

著者　鏡 銀鉢

イラスト　詰め木

発行者　永田勝治

発行所　株式会社オーバーラップ
〒141-0031
東京都品川区西五反田 8-1-5

校正・DTP　株式会社鷗来堂

印刷・製本　大日本印刷株式会社

ISBN　978-4-8240-0855-8 C0093

【オーバーラップ　カスタマーサポート】
電　話　03-6219-0850
受付時間　10時～18時（土日祝日をのぞく）

骸骨騎士様、
只今
異世界へお出掛け中
Ennki Hakari
秤 猿鬼
illust. KeG
目立たず過ごす――はずだったのに!?
最強の骸骨騎士による
無自覚"世直し"異世界ファンタジー、
ここに参上!!
目覚めると「見た目は鎧、中身は全身骨格」のゲームキャラ"骸骨騎士"の姿で
異世界に放り出されていたアーク。目立たず傭兵として過ごしたい思いとは
裏腹に、ある日、ダークエルフの美女アリアンに雇われ、エルフ族の奪還作戦
に協力することに。だが、その裏には王族の策謀が渦巻いており――!?
大ヒット御礼!
骸骨騎士様、只今、
緊急大重版中!!
OVERLAP NOVELS